北の御番所 反骨日録【十三】

凶手

芝村涼也

双葉文庫

目次

この作品は双葉文庫のために書き下ろされました。

凶手　北の御番所　反骨日録【十三】

第一話　漂泊《ひょうはく》する歌姫

一

北町奉行所の隠密廻《おんみつまわ》り同心・裄沢広二郎《ゆきざわこうじろう》は、いつもよりやや遅めの朝餉《あさげ》を摂《と》ってから、さほどときが経《た》たぬうちに出掛けることにした。

勤めが外役《そとやく》（外勤）で出歩くことばかりの男なので、非番《ひばん》（公休日）の日ぐらいは家でのんびりしてもよさそうなものだが、組屋敷に同居させているただ二人の奉公人、茂助《もすけ》と重次《しげじ》は案ずる様子も苦言を呈《てい》することもなく、ごく当たり前に家の主《あるじ》を送り出した。このところの裄沢が雨さえ降っていなければ家から出ようとすることに、家族同然の二人も慣れてしまったようだ。

下働きの茂助に見送られて家を出た裄沢は、道を西へと採《と》った。途中までは己《おのれ》の勤め先である北町奉行所への順路をなぞったが、日本橋《にほんばし》の南側の袂《たもと》、末は東海道《とうかいどう》へと続く通町《とおりちょう》に至ったところで、足をその南の方角へと転じる。すでに町奉行所では皆が執務を開始している刻限であるから、己の周囲に同輩らしき姿は一つも見掛けなかった。

後は、道なりにひたすら真っ直ぐ進んでいく。左手に高輪《たかなわ》の内海《うちうみ》（江戸湾）を臨《のぞ》みつつなおも歩き続ければ、品川歩行新宿《しながわかちしんしゅく》に至る。

ここまで来ればもう町奉行所の管轄外。なお、この物語の十五年ほど後には朱《しゅ》引《びき》（江戸の御府内《ごふない》と御府外の境界線）や墨引《すみびき》（町方が管掌《かんしょう》する地域の範囲）が明確に定められることになるのだが、それ以前のこの時代だと、特に行政の実務担当者や庶民からすれば、「御府内とは町方の担当する範囲（及びその範囲内の武家地や寺社地）のこと」という認識が一般的であった。

品川は、江戸から見て東海道最初の宿場町となる。左手の海はやや遠ざかり、視界に目黒川《めぐろがわ》と川の南側から延びる砂嘴《さし》が挟《はさ》み込まれる。この砂嘴に築かれた集落、南品川猟師町《みなみしながわりょうしまち》が、裄沢の目指している場所だった。

品川の宿場で最も成立が遅かった歩行新宿と、古くからある北品川宿の境に、猟師町へ渡るための橋が架《か》かっている。その橋を渡ろうとした裄沢は、橋へ歩み寄る寸前、今まで進んできた道の先に広がる光景にふと足を止めた。

北品川三丁目に建つ街道沿いの旅籠《はたご》らしき建物の前で、何やら人だかりができているようだ。その幾重《いくえ》にも重なった人の囲いの中に、ちらほらと捕り方らしき襷《たすき》掛《が》けに鉢巻《はちま》き姿の男たちが見えた。人垣《ひとがき》による囲いの向こうに真っ直ぐ突っ立っている何本かの細長い物は、捕り方が手にする六尺棒《ろくしやくぼう》らしかった。

目の前に立つ者を邪険《じやけん》に突きのけるようにしながら、人の壁を掻《か》き分けてどこかへ駆け去っていったのは、おそらく御用聞《ごようき》きの子分であろう。

ここは御府外、江戸の町奉行ではなく勘定奉行《かんじようぶぎよう》の管轄下にある土地なれば捕り方は代官所《だいかんしよ》の手の者、町方である裄沢の出る幕はない。しかし偶々《たまたま》目にした光景に、これも日ごろの行いについ引きずられて見逃せぬ職業病《やまい》とでも言えようか、裄沢は何とはなしに人だかりのほうへと惹《ひ》き寄せられていった。

そうして人垣の一番後ろに立ってみたものの、騒ぎの現場らしき旅籠は一部を除き戸が閉《た》てられたままで中で何が行われているのかは判《わか》らない。そしてそうではあっても、持ち場違いの町方がしゃしゃり出るような場ではなかった。

周りを見渡すと、人だかりからやや離れた建物の脇に生《は》えた松の根元で、件《くだん》の旅籠のほうを見ながら何やら話し込んでいる二人の町人がいる。一人は近くの商家の奉公人ふうで、もう一人は諸々《もろもろ》の大工道具《だいくどうぐ》が入っているらしい道具箱を足下に置いていた。

幸い非番で家を出た裄沢は浪人にも見えるような普段着の着流し姿であったから、通りがかりの野次馬《やじうま》を装い《よそお》（というか、己のやっていることは野次馬そのものなのだが）、その二人に近づき声を掛けた。

「もし、そこな二人。つかぬことを訊《き》くが、あそこで何かあったのか」

突然呼び掛けられた二人の男は驚いた様子で顔を向けてきた。見も知らぬ浪人者へ一瞬警戒する様子を見せたが、人畜無害《じんちくむがい》そうな三十男を目にして肩の力が抜けたようだ。

「なんだい、お前さんは」

「ああ、話の邪魔をしたなら悪かったな。ただの通りすがりだ。人だかりがしてる上に捕り方らしき者らの姿も目に入ったもんでな、ちょいと気になっただけなんだが」

諦《あきら》めて離れようかと考えたところで、商家の奉公人らしきほうが問いに答えてくれた。

「へえ、どうやら刃傷《にんじよう》沙汰《ざた》のようですぜ」

その返答に、意識を向け直す。

「刃傷沙汰。こんな、午《ひる》にもならぬうちからか」

桁沢の反応に、最初に突き放すもの言いをしてきた大工が、得意げに応じてきた。突然二本差《にほんざし》に話し掛けられて驚いただけで、無知な相手にものを教えられるのは嬉《うれ》しいらしい。

「実際に起こったなぁ、もっと早い朝のうちだったけどね」

「朝の早いうち――そんな刻限にか」

桁沢がわざと驚いてみせると、調子に乗ってさらに口が軽くなった。

「見たとおり、ここは旅籠屋だからね。となりゃあ、客同士のイザコザもねえわけじゃあねえってこった」

「客同士――女郎の取り合いとかか」

宿場町の旅籠屋の中には、表向きは給仕として、実際には客の閨《ねや》の相手をさせるための、飯盛女《めしもりおんな》と呼ばれる女郎を置くことを客寄せの目玉としているところが少なからずあった。

これを全面的に禁止すると、もぐりで女郎を置くような旅籠のある宿場だけが繁盛《はんじょう》して、他は衰退することになる。宿場は旅の安全のために一定間隔で置かれている必要があるのに、こうした理由で寂《さび》れて消えてしまうところがあっては困る。江戸に吉原《よしわら》という幕府公認の遊郭《ゆうかく》があるように必要悪と見なされる施設でもあり、お上《かみ》は人数に制限をつけはしたものの、旅籠に飯盛女を置くこと自体は認めていた。

品川は人の往来が一番多い街道である東海道の、江戸を起点として最初の宿場町という特徴から、旅籠とは名ばかりで送別の祝宴を開くための料理茶屋と呼んだほうがしっくりくるような見世《みせ》も多かった。宴会場があれば、旅とは関わりなしに酒宴を開く客もやってくる。それが常態になると芸者も集《つど》うのはもちろんのこと、女郎屋と変わらぬような「自称旅籠屋」も他の宿場より数多く林立《りんりつ》することになった。

江戸で公《おおやけ》に認められた遊郭は吉原ただ一カ所だけであり、それ以外の場所での売春行為は全て違法とされていた。吉原と並び称された深川《ふかがわ》の岡場所もこうした点で事情は変わらず、ときおりお上の取り締まりの対象とされたのだが、宿場町との認識から別扱いされた品川は、旅などとは関わりなしの岡場所的な意味合いでも、江戸から客が足を運ぶ土地となったのだ。

女郎の取り合いかという憶測《おくそく》に、最初に突き放した大工は鼻をうごめかして答えてきた。

「ああ、そうらしいね。どうやら女郎に振られて独り寝《ひとね》した野郎が、その逆恨《さかうら》みだか嫉妬《しっと》だかで、懸想《けそう》してた女のとこから出てきた男を刺したようだ。そっから当然騒ぎんなって、あの有り様《あさま》さ」

「その刺したの刺されたのって騒ぎが朝の早いうちにあって、いまだにこんなものものしい様子が続いてると？」

「どうやらその刺した野郎ってのが、刃物を手にしたまま蒲団部屋《ふとんべや》かどっかに立《た》て籠《こ》もったらしいや。で、いまだにあの様子よ」

大工が、人垣の向こうの旅籠を顎《あご》の先で指し示しながら答えた。

「それにしてもそなた、ずいぶんと事情に詳《くわ》しそうだな」

目の前の旅籠に捕り方を差し向けてきたであろう代官所の手先にしては、この騒ぎの中でずいぶんとのんびりしている様子だし、見も知らぬ浪人者へ事情をぺらぺらと話すところもそれらしくはない。第一、大工は密偵が表稼業《おもてかぎょう》とする職にはあまり適《てき》しておらず、またこのような捕り物で変装して忍ばねばならぬ事情があるとも思えない。

裄沢の不審げな口ぶりに、相手は苦笑しながら答えてきた。

「ああよ。おいらが朝の早《はえ》えうちに仕事でここぉ通りかかると、旅籠ん中から刺したの刺されたのって騒ぎ声が聞こえてきたもんだからよ。そりゃあ、何があったかって足ぃ止めるわな。

で、そのまんま表で様子を覗《うかが》ってるってえと、『野郎、行灯部屋《あんどんべや》（四方が壁や襖《ふすま》ばかりで、外からの光が入らない部屋）に逃げ込みやがった』なんて声も聞こえてきてよ。その他にも、『刺されたのは客か』とか、『相方の女郎は無事か』なんて叫んでるのも耳に入ってくりゃあ、中で何が起こったか、だいたいのとこぁ察しがつくわな」

予備の物や夏に冬用の寝具などを仕舞《しま》っておく蒲団部屋などは、建物奥で外の光が入らない、こうした場所に置かれることが多かった。出入り口の襖は一方だけで、残る三方は押し入れか壁という造りになっているところも多い。捕まえに来る者の進入路が一方向しかない上、蒲団部屋であればいくらでもある寝具類を障害物として利用できるため、刃物を持って逃げ込んだ者が立て籠もるには都合のいい場所になる。

ちなみにこうした部屋は、稼ぎが悪かったり決まりを守らない女郎の折檻《せっかん》にも使われていたという。

「お前さん、朝の騒ぎからずっとここで見てたのか」

顔には出しておらずとも、「仕事はどうした」という呆《あき》れた思いは伝わったのであろう。照れ隠しか、頭を掻《か》きながら答えてきた。

「そりゃあご浪人さん、手前《てめえ》が通りがかったちょうどそんときに、刺したの刺されたのって大騒ぎがすぐ目の前で起こったんだ。こいつを放《ほ》っぽっといたまま、毎日似たようなことしかしねえで飽き飽きしてる仕事場《とこ》へ馬鹿正直に向かうなんて、あり得ねえだろ——なぁに、親方だって、おいらがここで見聞きしたことぉ面白おかしく語って聞かせりゃあ、いつまでも青筋《あおすじ》立ててるなんてことにゃあならねえだろうさ」

親方が怒るまいと言うのは当人の性格を踏まえてのことか、あるいは単なる願望を口にしただけかは知らぬが、ともかく目の前の大工はどうにもいい加減な人物のようだ。しかしだからこそ、こうやって話が聞けるのだが。

何が自慢なのか、大工の男は胸を張るようにして滔々《とうとう》と話し続ける。

「ああそいから、おいらぁ初めっからこんな端のほうにいて、離れたとこでじっと様子を覗ってたワケじゃあねえぜ。旅籠ん中の騒ぎがバタバタ続いてるうちに、あんなふうに野次馬が集まってきちまったし、その一方で怪我人が戸板で運び出されたり御用聞きやお役人が駆けつけたりってぇお決まりの展開《筋の運び》はもう終わって落ち着いた後だから、人混みから抜け出てひと息入れてるとこなのさ。

こっちのお兄ぃさんも、おいらが人垣から離れたとこで何があったかって声ぇ掛けてきたから、お前さんにしてるみてえに丁寧《ていねい》にひととおり説明し終わったとこだったんだけどね」

そう目の前の奉公人ふうの男を顎で示しながら言う。そもそも二人は知り合いですらなかったようだ。

「ほう、わざわざ教えてくれてありがとうよ。確かにもう役人が来てるようだし、怪我人は運び出されたってことのようだが、刺したほうはまだ旅籠の中か」

「出てきた様子はねえから、まぁだ刃物手にしたまま閉じ籠もってんじゃねえかね」

そんなことを言い合っていると、旅籠屋の前を囲む人だかりが何やらざわめき出したようだ。裄沢も相手二人も口を噤《つぐ》み、そちらへ視線を向けた。

すると、旅籠屋正面の人だかりが二つに割れる。人々を押しのけて姿を現してきたのは、どうやらこの辺りを縄張り《なわば》にする御用聞きのようだった。

御用聞きは己の左右の人々を鋭い目で睨《にら》みつけ、ときおり警告か叱咤《しった》らしき言葉を吐きながら通り道を確保する。

「さすがにときが経って頭が冷えてきたんで、観念して出てきやがったか。どうやら、幕切れも近《ちけ》えようだねえ」

御用聞きが足を止めて旅籠のほうへ向き直るのを見ながら、裄沢の相手をしてくれた大工が呟《つぶや》いた。

「次に何が起こるのか、今までずっと見ていたのだろう。ようやく動きがあったのに、また向こうに行って齧《かぶ》りつきで見なくともよいのか？」

裄沢の問い掛けに、男は顎で視線の先を指し示しながら答えた。

「なぁに、遅れて仕事に行っても親方に文句言われることんなるのは決まってるからよ。どうなるか様子を見てるってえより、行くのを延ばしてたぁだ油売ってるってだけだったのさ。で、今からあの人混みん中に突っ込んでっても、岡っ引きに睨まれるだけで間に合いやしねえぜ――ホレ」

大工の促《うなが》しに裄沢も視線を戻すと、ざわつく人々が空《あ》けた道を、代官所の小者《こもの》らしき男数人に引っ立てられた男が姿を見せたところだった。

手首を後ろ手に縛《しば》られているばかりでなく、八《はち》の字に巻かれた縄で上体もがっちりと拘束《こうそく》された男は、小者らにより無理矢理《むりやり》歩かされていく。髷《まげ》が解《ほつ》れかかり着物も乱れた姿からすると、立て籠もる前は刃物を振るって相当暴れたようだが、今は放心状態で引かれるままに足を動かしていた。

　じっとそれを見ながら、桁沢の相手をしてくれた大工が独りごちる。

「こいで一件落着かね。咎人《とがにん》も捕まったようだし、このまんま延々見続けても、もう何にも起こりゃあしなさそうだな——さぁて、これからどうするかねぇ。今から仕事場に行くってのもなぁ……」

　ただ野次馬をしていただけなのにひと仕事終えたかのような男の呟きを耳にした桁沢も、寄り道を終えて本来の目的地へ向かおうかと気持ちを切り替えたとき、まだ散っていなかった人垣のほうが小さくザワリと揺れるのを耳にした。

「ン？　——あれ……」

　目の前の大工が向いているほうへ桁沢も視線を動かす。

　すると、一人だけだとばかり思っていた縄付《なわつ》きが、もう一人現れた。今度は女で、先ほどの男のように厳重な拘束はされていないが、体の前で縛った手首に繋《つな》がれた縄を小者に引かれている。

　男の縄付きとは違って暴れた様子はなく、視線は落としているものの落ち着いた表情で素直に足を進めていた。

「ありゃあ、飯盛女かねぇ。けど、客同士が揉《も》めただけってんなら、なんで女郎まで引《ひ》っ括《くく》られてんだ？

たぁだ客同士がやり合ったたってだけじゃあなくって、そこに相手した飯盛女も一枚嚙《か》んでたってことか？　それとも騒ぎに乗じて、関わりのねえ他の飯盛女が客の銭でも盗もうとしたってか？」

大工が自問自答する横で、裄沢も何があったか想像してみる。

縄付きとなった女が飯盛女であろうという大工の判断は、女が身に着けている派手な色合いの薄物《うすもの》やそれを着崩《きくず》した姿からして、おそらく間違いではないだろう。しかし、刃傷沙汰に一枚嚙《か》んでいるとか、騒ぎに乗じて盗みでも働いたのではないかという予想が当たっているとは思えない。何らかの罪を犯したのがバレて捕らわれたにしては、女を扱う捕り方の警戒が薄いようだし、当人の様子もずいぶんと落ち着いて見えたのだ。

では、単に事情を訊くために伴《ともな》われるのかというと、もしそうなら簡易的ではあっても手を縛って連れて行くなどという乱暴なことをされるはずもない。

結局、女がどのような理由で捕らわれたのかは、判らず仕舞いだった。なにしろ、旅籠の中であったことが女郎の取り合いで起こった刃傷沙汰だという見立てからして、偶然通りがかって騒ぎを聞きつけた大工の推測に過ぎないのであるから。

二

その後、もうしばらく旅籠の前で粘《ねば》ってみたものの、代官所の手の者や御用聞きらはほとんど引き上げてしまい、野次馬連中も散ってしまったので詳しい事情は判らぬままだった。残った野次馬の中には、商売再開に向けてバタバタしているのも構わず、刃傷沙汰のあった旅籠の奉公人を捉《つか》まえて話を聞き出そうとする図々《ずうずう》しい男もいたようだが、まだ中に残っていたらしい御用聞きが顔を出してひと睨みしてきたことで尻尾《しっぽ》を巻いて逃げ出していった。

無論、領分違いの裄沢がしゃしゃり出ることなどできようはずもなく、目をつけられる前に早々に引き上げることにした。話をしてくれた大工たちとも、その場で別れている。大工が観念して仕事場へ向かったかどうかは定かではない。

思いも掛けぬ寄り道をしてしまったなと自身の振る舞いに呆れつつ、裄沢は本来の目的地へと歩き出す。

いったんは向かいかけてやめた橋を渡って南品川猟師町へ入ると、目指す家はすぐそこだった。家並みの間の路地の向こうには、ほとんど波も立たぬままキラキラと光る内海の水面《みなも》が見えていた。

外見は他の家と変わるところのない一軒の建物の前に立つ。表戸となるべき通りに面した戸口の前は素通りして、路地へと踏み込んだ。そこには、本来勝手口であるはずの出入り口がある。表の戸口では感じられなかった家の中にいる人の気配が、すでに朝飯にはずいぶんと遅い刻限になっているのに漂《ただよ》う煮物の匂いとともに、ここまで来てはっきり感じ取れた。

この家は、看板も暖簾《のれん》も出さない一杯飲み屋。近所に住まう漁師が仕事帰りにちょっと一杯ひっかけて帰るだけの、小さな見世である。見世が開くのは昼夜それぞれの漁を終えた漁師が家路に就《つ》く朝と夕刻の二度。今はもう朝の商売を終えて、夜のための仕込みに手をつけているであろう刻限だ。

裄沢は、すでに勝手知ったる心持ちで障子戸《しょうじど》に手を掛けた。

「御免《ごめん》。入るぞ」

返事も待たずに戸を開ける。

「あら、いらっしゃい」

明るい声と笑顔が迎えてくれた。この一杯飲み屋の女将《おかみ》にしてただ一人の働き手、家の主でもあるお縫《ぬい》だ。

まだ初めて出会ってからふた月も経たぬというのに、すでに互いに遠慮《えんりょ》もわだかまりもなく向き合える間柄になっていた。他人には容易に心の内を見せようとせぬ裄沢にしては、ごく珍しいことだ。

二人がかほどに親しげな間柄になったのにも、御府外で町奉行所の管轄をはずれている品川の地へ町方役人である裄沢が非番の日に通うようになったのにも、それなりの理由《わけ》がある。裄沢がとある経緯《いきさつ》から頭に衝撃を受け、人事不省《じんじふせい》になったとき、担《かつ》ぎ込まれたのがこのお縫の住居を兼ねる見世だった。

気がついた裄沢は一時的に過去のことを全て忘れたような状態になったのだが、担ぎ込まれた怪我人が目を醒《さ》ますまでのいっときだけの厄介《やっかい》ごとだとばかり思っていたお縫は、その後の面倒も見ねばならなくなったと知った後も、記憶を取り戻さない裄沢の世話を親身にし続けてくれた。

世話をし続けるにあたっては、お縫のほうにも相応の理由があったのだが、まあそれはどうでもよい。お縫にすれば、己が誰なのかすら判らなくなっていた裄沢を、簡単に放り出せたことは間違いないのだ。

それから何日か経ったころ、裄沢が人事不省に陥《おちい》った理由も、その裄沢を見放すことなくお縫が世話をし続けた理由も明らかになった。町方役人にとってはとうてい看過《かんか》できない事情であったにもかかわらず、裄沢はお縫を捕らえるどころか咎《とが》めもしなかった。ただしこちらのほうも、裄沢なりの事情やら理由があってのことだったのであるが。

結局、裄沢の人事不省と、お縫がそうなった裄沢の身柄を一時引き受けることになった原因の男──お縫の恩人であり、かつ裄沢とも断ち切ることのできない因縁《いんねん》があった者──の望みを叶《かな》えるために、裄沢はこの間の経緯を己の勤め先である北町奉行所にはいっさい知らせることなく動くこととなった。そしてお縫の恩人である男は、二度と戻ることのない旅へ向けて西の海へと船出していったのだった。

裄沢とお縫の双方にとり、以後も関わり続ける必要などなかったはずだ。それぞれが、相手にとっては致命傷となるような弱味を握りあったことになったため、再び顔を合わせることはせぬと取り決めるのが最も好都合だったはずなのだ。そして、それぞれが出会う以前の暮らしに戻ったならば、そうするのは容易なことだった。

にもかかわらず、二人はこうして逢瀬《おうせ》を重ねていた。裄沢は町方が管掌する範囲を超えた御府外《江戸の外》へと足を運び、お縫はこれを笑顔で迎え入れている。

お縫にとって裄沢は、己の恩人の最期の願いを、身分や職を賭《と》してまで叶えてくれた人物であり、心の内を隠して近づいた己を、その魂胆《こんたん》が明らかになった後も受け入れてくれた男《ひと》だった。さらには、恩人を喪《うしな》うに至るまでの事情とその恩人への哀惜《あいせき》を、この世で唯一共有できる相手でもあった。

裄沢にとってのお縫はどうだったか——お縫がこの地に流れ着くまでの曲折《きょくせつ》や、そうした中で抱えることになった事情への同情と共感は確かにあった。それでもなお己がそうありたいと目指す生き方を、挫《くじ》けることなく貫き通そうとする芯《しん》の強さを好ましくも思った。しかし、ただそれだけであったろうか……。

ともかく、裄沢は己が襲われた一件が完全に終わってもまだお縫のところへふらりと顔を出すことを続けているし、お縫はそうした裄沢の振る舞いを、戸惑うことも嫌うこともなく受け入れている。そうした関わり合いが、これから先も変わらずに続いていくのだろうという予感を、漠然《ばくぜん》とではあっても二人ともに抱いていたのである。

本日二度目の商売が始まる前のお縫の小さな見世には、ゆったりとしたときが流れていた。見世を開ける夕刻までには、まだしばらくの猶予《ゆうよ》がある。

　そこで裄沢は、何の警戒心も持たずに心和《こころなご》む会話を楽しんでいる。相手は無論この見世の主、お縫一人。寛《くつろ》げるようなときを過ごせる場所なら己の組屋敷をはじめとしていくつか挙げられるものの、ほんのわずかに浮き立つような心持ちまで感じられる場となると他に思い当たるところはなかなか見当たらない。

　裄沢が、こうやって非番のたびにここへ来たくなるのも当然なのかもしれなかった。

「お女郎さんが、縄付きになって引っ立てられていったのですか……」

　裄沢の話を聞いていたお縫が、ポツリと言った。ここへ着く前に目撃したことを、雑談の中で何の気なしに触れたときのことだった。

「ああ。刃傷沙汰に及んだ男とグルになって何かを企《たくら》んでいたとか、騒ぎに乗じて盗みを働こうとしたなどということならば、縄目を持った者の他に用心のため一人ぐらいは側についているはずなのだが、捕り方のほうにそうした警戒をしている様子は見られなかったのが少々訝《いぶか》しく思えたのでな」

「連れて行かれるときのお女郎さんの様子はどんなでしたか」

「暴れたり何とか逃げ出そうといった様子はなかったな。縄目を受けて、もはやすっかり諦めているといった風情《ふぜい》に見えた」

そうですか、と応じたお縫は、考えを纏《まと》めるためかわずかに口を噤んだ後で、裄沢に顔を向けた。

「そのお女郎さん、たぶん員数外《いんずうがい》にされちまったんでしょうね」

「員数外？」

「ええ。本来、旅籠に置けるお女郎さんの数は、お上のお達《たつ》しで決まってますから」

お上は、宿場の旅籠一軒につき二人まで、品川や内藤新宿《ないとうしんじゆく》など江戸に近い繁《はん》華《か》な宿場では特例的にそれを若干《じやつかん》超える数の飯盛女を置くことを認めていた。しかし二人までの宿場にせよそれ以上認められているところにせよ、実際にはこうした制限を超える人数の飯盛女が、ごく当たり前に置かれていたという。

「しかし、目こぼしをして実際にはずっと多くの宿場女郎を置くのが当たり前になっていたのでは……」

そう口にしながら頭の中で考えを進めていた裄沢は、「そうか」と何かに思い当たる。

「普段であれば見逃しておけても、いざ刃傷沙汰が起こったとなれば、その火種《ひだね》と目《もく》される女郎をうっちゃったままにしてはおけぬか」

「あたしも、品川宿近《こ》く《こ》に住まうようになってそれなりに経ちますけど、そうした話は何度か耳にしたことがありますので。

刃傷沙汰を起こした咎人を捕らえに来たお役人に、『騒ぎの因《もと》となった女はこの女郎か』って訊かれたときには、素直に『そうだ』とは答えづらいでしょう。もし頷《うなず》いたら、旅籠そのものも詳しく調べられることになりかねませんし、そしたらお上の決まり以上にお女郎さんを置いてることは誤魔化《ごまか》しようがなくなっちまいますからね」

「代官所のほうとしても、そうした騒ぎが起こった旅籠を庇《かば》う理由はないし、調べて明らかになった上は罪に問わねばならなくなるか」

「お役人のほうにだって、『双方暗黙《口に出さない》の合意でこれまで目こぼししてきた』っておおっぴらにはできない事情もありますんで、『自分のところで抱えてるお女郎じゃない』って旅籠が言ってくれれば、『そうか』のひと言で済ませますからね。

可哀想《かわいそう》だけど、刃傷沙汰の因になったお女郎さんは、自分でその旅籠に宿を取って客を引っ張り込んだってことにされちまうんでしょうね」

「だから、客同士の揉め事で女にはどうしようもなかったことでも、お縄になったわけか……」

見世で抱えている飯盛女でなければ私《し》娼《しょう》ということになり、お上の御法度《ごはっと》に触れる存在と見なされる。刃傷沙汰のほうで責任は問われなくとも、私的な売春行為で罪となるのだった。

お縫は、暗い顔つきでさらに言葉を重ねる。

「たぶん刃傷沙汰を起こした客のお目当てご当人なんでしょうけど、もし旅籠で一番の売れっ子女郎を取り合っての刃傷とかだと、あるいは稼ぎの少ないお女郎さんが身代わりに立てられることだってあるかもしれませんし」

裄沢は、小者に縄を取られて引っ立てられていったときの、女の表情を思い出していた。もう全てのことを諦めてしまったような、怒りも悲しみも見えぬ顔がまざまざと浮かんでくる。

「捕らわれた女は、どうなるのだろうか」

町方の管轄下にあれば、多くの場合、吉原に下げ渡されてしばらくの間ただ働きをさせられるような処分を受けるのだが、勘定奉行支配の代官所がどのような扱いをするのかまでは裄沢も知らなかった。

「さあてねえ。あたしもそこまで詳しくは知りませんけど、上手《うま》くすりゃあ、さほど経たないうちに戻ってくるかもしれませんねえ」

「それは、どういうことだ？」

「ご存じのようにあたしは軽業《かるわざ》一座の芸人として長いこと旅暮らしをしてましたんで、品川宿じゃあどういう扱いかは知りませんけど、他の宿場で員数外にされたお女郎さんがどうなるのかも見聞きしたことがありましたんで。

　お江戸じゃあ、お上の警動《けいどう》（岡場所など認可外の遊郭や私娼に対して行われる一斉摘発《てきはつ》）に引っ掛かって捕らわれたようなお女郎さん方は、たいていが吉原へ送られてただ働きさせられることになるって聞いてますけど、島原《しまばら》や新地《しんち》、丸山《まるやま》（それぞれ京《きょう》、大坂《おおさか》、長崎《ながさき》にある公許の遊郭）みたいなところの近くの宿場ばかりじゃありませんので、そういうところじゃあ遊郭の妓楼《ぎろう》の代わりに旅籠に引き取らせたりもするんですよ。あんまり遠くまで連れてったりするのは手間もお金も掛かりますからね。まあ、捕らえたその同じ宿場だと見世を変えても具合が悪いことも多いんで、二つ先ぐらい離れた宿場まで連れてくことはあるみたいですけど。

　で、今度の場合だと、本来ならばたぶん吉原の妓楼か品川以外の四宿《ししゅく》（主要五街道の江戸から最初となる宿場の総称で、品川・内藤新宿・千住《せんじゅ》・板橋《いたばし》のこと）の旅籠に引き取らせるところなんでしょうけど、なんで員数外にされたかは代官所のほうでも判ってることですし、そうしたお女郎さんを旅籠が抱えてるのを普段見逃してるのも代官所のやってることですからねえ。よっぽどお堅いお偉《えら》方《がた》に目をつけられでもしなきゃあ、そのまんま元いた旅籠に引き渡しってことになるんじゃあないですかね。本来、旅籠に引き取らせたらそれなりのお金を納めなきゃならないはずですけど、場合によっちゃあそれも免じてもらえるかもしれませんねえ——まあ、最後のとこはお代官所の考え方次第でしょうけど」

「なるほどな……」

裄沢は、お縫の話に感心して頷いた。あの、どこか諦念《ていねん》したような女郎の表情がなぜか頭から離れず、その夜ふと目醒めたときに思い出すことになった。

三

いつもとは違ったことが起こった品川への遠出も、十日近く日が経ってしまえばすっかり忘れてしまっていた。

あの折は気の毒だと感じはしたものの、私娼扱いされた女郎が一人お縄になったというだけで、命に関わるような罪に問われるどころか、お縫によれば以前と同じ境遇に戻るだけという目も少なからずあるらしい。ならば、その後よほどのことでもない限り、気にし続けることでもなかった。

なにより、ことが御府外で起こった以上、町方役人である裄沢には関与できぬ事柄でもあるのだ。

組屋敷に使いが来て北町奉行所《きたのごばんしょ》へ呼び出されたときも、何の用件かは不明ながら、まさかこの出来事がまた自分に関わってくるとは考えもしていなかった。

己の勤め先である町奉行所へわざわざ呼び出されるという状況は、裄沢が今就いているのが隠密廻りという、他とは毛色の違うお役であることと関わっている。

隠密廻りはひとたびご下命《かめい》あれば同役を含む周囲の誰にも知らせず、秘かに探索の任にあたることになる。そのため、普段から「御番所の近辺で毎日同じような動き方」はしないように努《つと》めている。そうでないと、いざ極秘の探索に就いたときに、内容はともかく「何かあったのでは」と周囲に覚《さと》られてしまいかねないからだ。

ともかく、裄沢は何日かぶりに北町奉行所の表門を潜《くぐ》った。その刻限も、朝の出仕《しゅっし》どころか夕刻に外役が御番所へ戻ってくるほうにずっと近い八つ半（午後三時ごろ）の手前だった。

御番所に着いてまず御用部屋《ごようべや》へ顔を出した裄沢は、そこで内与力《うちよりき》の唐家《からや》と落ち合い、内座《ないざ》の間《ま》へと伴われた。御用部屋、内座の間はいずれも町奉行が執務する際に用いる部屋であるが、御用部屋は主に町奉行所自体に関わる仕事、内座の間は幕府の主要閣僚としての仕事や旗本家当主としての仕事で使われる場所である。

「裄沢を伴いましてござります る」

内座の間の外から唐家が呼び掛けると、部屋の中から「入れ」との応答があった。襖を開けて入室する唐家に続き、裄沢も敷居《しきい》を跨《また》ぐ。

座敷の半ばまで至って膝《ひざ》を折った唐家に対し、裄沢は入ってすぐのところで平伏した。

「裄沢、お呼びに従い参上致しました」

奉行の小田切土佐守直年《おだぎりとさのかみなおとし》は「うむ」とのみ応ずる。同じ部屋で奉行の手伝いをしていたらしい小田切家の家士《かし》（家来）たちは、先に申し付けられていたのであろう、裄沢らが入室するのと入れ違いに座敷を出ていった。

「わざわざ呼び立てて済まぬな」

「いえ。今は非番月《ひばんづき》（南北の町奉行所がひと月交替で新規案件を受け付ける、その担当ではない月）でもあり、特段の用はござりませぬので」

裄沢がわざわざこう断《ことわ》ったのは、町方役人であるからには上から命ぜられた仕事以外に、たとえば町家から御番所を通さず直接持ち掛けられる相談ごとも、内容によっては自身の仕事として取り扱われることになるからである。外役はこうした機会が多く、中でも廻《まわ》り方《かた》（定町廻《じようまちまわ》り、臨時廻《りんじまわ》り、隠密廻りの三職の総称）は特に様々なところから頼りにされる傾向があった。

さようか、と応じた奉行の小田切は、裄沢を近くまで呼び寄せるとすぐに本題を切り出した。幕府の様々なお役の中で最も多忙と言われる町奉行には、いちいち雑談でときを費《つい》やしているような暇はないのだ。

「北品川宿のほうの旅籠で、先日刃傷沙汰があっての」

「北品川宿にございますか」

身に憶《おぼ》えがあったから、つい復唱するようなことをしてしまった。刃傷の現場にいたのがマズいと思ったわけではなく、「もしやお縫との関わり合いを知られているのでは」との警戒心が反射的に生じたからである。

が、小田切は別な意味に取ったようだ。

「なぜ、町方の担当外である品川のことなど持ち出すかと思ったのやもしれぬが、しばらく黙って聞け。まずは、前提となる出来事を説明する」

小田切の言葉に、裄沢は口を閉じたまま低頭することで応《こた》えた。

「その刃傷沙汰だがの、起こったのは飯盛女を抱えるような旅籠で、まあ実態は岡場所の遊女屋と変わらぬようなところだと思ってくれればよい。起こった刃傷沙汰も、贔屓《ひいき》の女郎を巡る客同士の諍《いさか》いよ。

特段、刃傷沙汰自体についてどうこう言うことはない。捕《と》り違《ちが》え（誤認逮捕）が起こるようなややこしい話でもなかったようじゃしの。問題は、その刃傷沙汰の因となった女郎がことよ。そこではどうやら琴《こと》と名乗らせておったらしいが、代官所の捕り方に事情を訊かれた旅籠の主は、その琴について『この旅籠とは関わりのない女』と突き放したそうでの。

自分のところの妓《おんな》だとしてしまえば、見世には責のない客同士の争いだとて、どうしても旅籠自体にも調べの手は入ることになる。しかし旅籠を看板に実際には女郎屋を営《いとな》んでいるところともなれば、抱える女郎の数をお上から制限された人数だけに留めることはしておらぬからの。見世そのものを調べられずに済ませるためには、当の女郎とは無関係《かかわりない》と言わざるを得なんだのであろうな。

で、その琴なる女郎は客として旅籠に泊まり、勝手に男を引きずり込んで金を受け取っていたことにされてしもうたようなのじゃ。となれば、代官所の捕り方としてもそのままにはしておけぬ。別件ではあるが、刃傷を起こした男とともに捕らわれたという次第よ」

いよいよ、自分がお縫のところへ行く途中、北品川宿で遭遇《そうぐう》した騒ぎに違いなさそうな話になってきた。

裄沢の心の内などは知らず、小田切の言葉は続く。

「で、その元旅籠屋抱《もとはたごやかか》え（その旅籠屋に以前奉公していた者）とされてしもうた琴じゃが――」

「元、旅籠屋抱えにござりますか」

「ああ。旅籠屋の主からすれば、『自分の見世の者ではない』とはしても、部屋の使いようや、刃傷を起こした者と受けた者が何を話すかといったことを考えれば、その女郎を全く知らぬ初見《フリ》の客とはできなんだであろうからの。『かつて存《ぞん》じ寄《よ》りの者ゆえ、つい勝手な部屋の使い方を見逃してしもうた』などと言い逃れたのであろう」

代官所としては、薄々《うすうす》事情を知っていながら相手の言うとおりに私娼として飯盛女を捕らえることにしたのだから、旅籠屋の主の弁明もそのまま丸っと呑み込んだということになろう。

「で、琴なるその女郎じゃ。代官所の牢《ろう》に入れて簡単に調べた後は、浅草新寺町《あさくさしんてらまち》門前の、とある家主《いえぬし》に預けられることになった」

この時代に家主や大家《おおや》と呼ばれるのは、土地建物の所有者のことではない。土地や施設の管理と店賃《たなちん》(家賃)の回収、そして必ずしも教養に富んでいるとはいえないそこの住人らの教導《きょうどう》・統率などを受託する請負人であった。

「浅草新寺町門前の家主へのお預け……身柄を吉原へ移すまでに要す手順、ということにござりましょうか」

チラリと裄沢を見た小田切は、軽く首を振った。

「いや。私娼として捕らえられたなれば、町方であるそなたがそう考えるのも当然であろうが、こたびは違う――代官所の仮牢《かりろう》に入れて調べておるうちに、少々困ったことが判ってきての」

「少々困ったこと、にござりますか」

「ああ。これは捕らわれた琴当人が調べに当たった者に告げたことではなく、刃傷を起こした者らなどから聞き取ったことで発覚したのじゃが――」

そこで言葉を途切《とぎ》らせた小田切は、ジロリと裄沢を睨んだ。

「他言は無用ぞ」

念を押されるまでもない。話の成り行きに戸惑いながらも、裄沢ははっきりと頷く。

まあ、裄沢が余計なことを口にするような男でないことは、小田切も十分承知している。いちおうの確認を終え、先を続けた。

「どうやらその琴なる者、やんごとない身分のお方の係累《けいるい》ではないかとの疑いが出てきての」

「やんごとないお方の係累……」

「繰り返すが、くれぐれも他言は無用――そなた、日野資枝卿《ひのすけききょう》というお名を耳にしたことはあるか」

「いえ……卿とつけられるお方ということは、公家《くげ》にござりましょうや」

「従一位《じゅいちい》、権大納言《ごんだいなごん》にまで上《のぼ》せられたお方で、当代屈指の歌人でもあらせられる」

「そのようなお人と何らかの関わりがあると……」

思いも掛けぬ人物が話に出てきたことに、裄沢は呆気《あっけ》に取られた。全ての公家が正一位《しょういちい》から少初位《しょうしょい》まで十八段階に格付けされる位階《いかい》（さらに、たとえば「従《じゅ》四位上《しいのじょう》」、「従四位下《げ》」などと、一つの位階をさらに上下で二分することもある）の中で、従一位は正一位に次ぐ上から二番目の位《くらい》となる。公家と武家の違いはあるが、この物語の時代に征夷大将軍《せいいたいしょうぐん》であった徳川《とくがわ》十一代の家斉《いえなり》が従一位より一つ下の位階である正二位《しょうにい》だった（将軍在位三十五年で従一位に昇進、死後に正一位を追贈《ついぞう》）ということからも、その格の高さが判るであろう。

さらにいうと、大納言は亜相《あしょう》とも別称される役職で、大臣（太政大臣《だいじょうだいじん》、左大臣、右大臣、内《ない》大臣のこと。ただしこの四職全てに必ず人が配されているとは限らない）に次ぐ重き立場とされていた。権大納言は大納言を補佐し、場合によりその代行を勤める役である。

「名の挙がったお方の身分の高さを思えば、当然な反応であろうな。だが、口から先の出任《でまか》せとばかりも評せぬという話が出てきておっての。

代官所の手代《てだい》の中に、若いころ京のさる公家のお屋敷で奉公しておったという者がおるのじゃが、実はこの者がその刃傷沙汰を起こした咎人や、斬られた者らの調べに立ち会ったそうな。で、その者らの話が件《くだん》の女郎の普段の言動に及んだところ、『どうにも京の公家のことを全く知らぬ俗人《ぞくじん》（高尚《こうしょう》なことに無知で無関心な一般人）が出鱈目《でたらめ》を並べていたとは思えぬ。日野様のご息女《そくじょ》かはともかく、近くで仕えたことのある女官のような者ではあるかもしれぬ』と言い出したというとでな」

「ご息女――日野様の係累とは、ご息女かも、ということですか」

小田切は「これは口が滑《すべ》ったな」と言いながらも、顔色を変えることはない。どうやら最初から、話の流れの中で触れるつもりでいたようだ。

「さよう、当人は、相手をした客のうち親しくなった者にはそのような話もしておったということだ」

「飯盛女の出自《しゅつじ》を訝しんだ代官所の手代の言からすると、他にもいろいろと話していたようにございますな」

「ああ。馴染みになった客には手遊《てすさ》びで書きつけた和歌を渡すようなこともあって、その出来などは解せぬ客《もの》ばかりであったろうが、手跡《て》の流麗《うつくしさ》にはそれなりに評判が立っておったようじゃな。それに高位の公家の普段の暮らしぶりとか、時季折々《じきおりおり》の公家の祭事などを、懐《なつ》かしげに語ることもあったそうでの。

まあ、寝物語なんぞで聞いておった客が代官所の調べに対して述べたことであるから、ただの片言隻語《へんげんせきご》と呼べる程度の（断片的な）ものであったのだとは思うが——さらに当の女郎の様子も自身の目で見た上で、立ち会った手代はさような疑いを持ったということだ」

「ゆえに、その琴なる飯盛女を牢に置き続けることも元の旅籠に戻すようなこともできず、品川から離れた浅草の新寺町へ移したと」

「さして重い罪を犯したというわけではなし、出自についての疑いもあるとなれば、いつまでも牢に入れておくということはできぬ。とはいえ品川の旅籠に戻してそのまま女郎を続けさせるわけにいかぬことは当然ながら、その身を品川近辺に留め置くことも、どのような噂《うわさ》が流れかねぬかを考えれば、避けるべしとの判断に至ったということであろう」

「新寺町門前の家主とその女郎の関わり合いは？」

「双方の間に特段の関わり合いはない。琴のほうではなくて、家主は疑義《ぎぎ》を呈した代官所の手代の親戚筋だということじゃ。ところがその家主が見たところでも、ただの下賤《げせん》の生まれとは立《た》ち居振《いふ》る舞《ま》いが違っていそうだということでな」

話がひと区切りついたということか、小田切はホッと小さく息を継いで湯呑《ゆのみ》に手を伸ばす。それを見ながら、祐沢は問いを発した。

「お話は判りましたが、そのようにひとまずの決着がついた上で、それがしにご用命とは？」

茶を一口飲み込んで「ウム」と喉《のど》の奥で発した小田切は、湯呑を置きつつ返答する。

「そなたの申すようにそれでひとまずの決着がついたのであれば、後は琴の実際の出自について、採れる手立てを考えながらゆるゆると真偽《しんぎ》のほどを確かめていけばよかっただけなのだが……」

「そうできぬような、何かがありましたので？」

四

祐沢の問いに、小田切はひたりと目を合わせてきた。

「公事方勘定奉行《くじかたかんじょうぶぎょう》の中に、石川忠房《いしかわただふさ》殿というお人がおるのを知っておるか」

「いえ。寡聞《かぶん》にして存じ上げませぬ」

「勘定奉行となる前は俄羅斯《おろしや》（ロシア）より通商を求めてやってきた異人（外国人）を説諭《せつゆ》して長崎以外での貿易はせぬという我が国の立場を得心《とくしん》させて帰したり、勘定奉行就任後には中山道《なかせんどう》で人馬《じんば》の継《つ》ぎ立《た》て（お上が輸送や通信のために必要とする人や馬の用意と費用負担）に難儀《なんぎ》しておった宿場の者らのため、駅制《えきせい》（お上の定める宿場の制度）を改めたりした能吏《のうり》よ。

そのお人が、マズいことに代官所が捕らえた些細《ささい》な咎人のことを耳にしてしもうてな」

江戸府外の御支配所《ごしはいしょ》（幕府直轄領）を治《おさ》める各地の代官所は、組織上いずれも勘定奉行の下に置かれている。公事方勘定奉行は、こうした御支配所における公《く》事《じ》（民事訴訟や行政訴訟）や吟味物《ぎんみもの》（刑事裁判）の裁きを下すことを主な役目とするが、通常、追放刑にもならないような些末《さまつ》な犯罪にまで関わることはない。

御支配所は全国各地に所在し、その総面積も居住する者も膨大な数にのぼるから、いちいち細かな刑罰にまでかかずらうことなど不可能なのである。

こたびの場合は、江戸城のそばで働く公事方勘定奉行の目に容易に触れてしまいかねない立地である、江戸にごく近い品川で騒ぎが起こってしまったことが不運であったと言えるのかもしれない。あるいは、お奉行の目に止まってもおかしくはない刃傷沙汰に付随《ふずい》する出来事であったからには、避けようがなかったのかもしれないが。

「して、勘定奉行の石川様が、その女郎のことを耳にしていかがされたと？」

「うむ。単に私娼として捕らえられたというだけならば、歯牙《しが》にもかけずにおったろうが、従一位の公家の息女を自称する者と聞いて見過《みす》ごしにはできぬと考えたらしい。

さほどまでに不届《ふとどき》な言動をした者は小伝馬町《こでんまちょう》の牢に収監《しゅうかん》し、厳《きび》しく調べるべきではとの所見《しょけん》を口にしたそうでな。どうやら、その琴なる女郎が客に語ったことは全くの出鱈目《かた》で、厳しく罰する要があるとの考えを持っておるようじゃ」

貴人の身分を騙ることは大きな罪であった。この物語より四十年ほど後のことになるが、摂家《せっけ》（天皇に代わって天下の政《まつりごと》を行う摂政《せっしょう》の家柄）方末孫《ばっそん》（末裔《まつえい》）と称し地方の素封家《そほうか》（富裕者）の家々を訪れ、「和歌を教える」などと言って饗応《きょうおう》を受けた園藤斎《えんどういつき》という男は、捕らえられて遠島《えんとう》に処せられている。

「しかし、代官所としては琴の出自について、当人の申すことに一部なりとも真実が含まれているのではないかとの疑いを捨てきれぬ、と考えておるのでございましょう」

「ゆえに代官所のほうでは勘定奉行の石川殿へ、『即断することなく慎重にことにあたるべき』との意見を言上《ごんじょう》したそうじゃが、なにゆえかこの一件に関してのみは、石川殿も頑《かたく》なに自身の考えを変えぬようでな。

実は、石川殿は和歌《うた》にも秀《ひい》でておっての。彼《か》の女郎が当代きっての歌詠みの名手、日野卿の息女を称しておったということが、どうにも赦《ゆる》せぬ気持ちにさせておるのやもしれぬ」

日野卿を尊崇《そんすう》するあまり、その息女が遊女に身を落とすことなどあるはずがないと頑迷《がんめい》に信じ込んでしまっているのであろうか。

「さようなことが……で、経緯については伺いましたが、それでそれがしにどうせよと」

「その琴じゃがな、親しき客にはいろいろと自分の身の上を漏らすことがあったようじゃが、代官所の捕り方に縄を掛けられてからは全くそうした話はせぬようでの。調べに当たった者から水を向けられても、『自身は下賤の生まれ、客には戯《たわむ》れを口にしただけ』と申すのみで、己の出自も含めて京の話などにはいっさい応じぬということじゃ」

日野卿の息女かどうかはともかく、もし京のやんごとなき身分の娘が女郎に身を窶《やつ》すほど落魄《らくはく》したとすると、そうなるまでには簡単に口にはできぬほどの紆余《うよ》曲折《きょくせつ》があったに違いない。客の中で気を許した相手には己の身の上話をすることもあったというが、さすがに自分を取り調べようとする者には心を閉ざして当然かもしれなかった。

「……それがしに、その飯盛女の出自を探れと？」

「そう命じたとて、疑いが真実かどうかは京まで出向かねば探りようはあるまいし、また当地《京》へ参ったとしても、まさか従一位で権大納言を勤めたほどのお人のところを直《じか》に訪ねることもできまい。江戸者のそなたが、日野卿の周囲より話を聞き出すことも難しかろうしな」

そこまでいったん言葉を句切った小田切は、裄沢を真っ直ぐに見た。

「なに、さほど難しいことをせよと命ずるつもりはない。そなたには、浅草にその女郎を訪ね、当人より直接話を聞いてきてもらいたいというのがこたびの儂《わし》からの指図じゃ。

石川殿に考えを変える気がないとなると、ほどなく琴なる女郎は小伝馬町の牢に収監されることになるであろう。牢屋敷《ろうやしき》に入るとなれば北町奉行所《こ と》からは浅草よりもずっと近くに来ることになるとはいえ、そうなってしまった後では、勘定奉行が担当する囚人《かかりの》に、町方が断りもなく話を聞きに行けようはずもないからの」

「当人に当たるなれば今のうちしかない、ということにございますか。御用の筋は聞き及びましたが、果たしてそれがしにご用命を達せますかどうか。自慢にもなりませぬが、なにせ、女心を知り抜いているなどとはとうてい申せぬ朴念仁《ぼくねんじん》だという自覚はございますゆえ」

自嘲《じちょう》とも卑下《ひげ》とも取れる衍沢の言葉を、小田切は否定もせずにバッサリと切り捨てる。

「まあ確かに、町家との関わり深い町方役人の中では、そなたはかなり堅いほうであろうな」

そして無表情なままながら内心鼻白《はなじろ》んだ衍沢へ、命を発する理由を述べた。

「そなたにさせんとの意向は、根岸《ねぎし》殿直々《じきじき》のものぞ」

さすがの衍沢も、思いも掛けぬ名が出てきて驚いた。

「根岸様――南町のお奉行様にございますか？」

根岸肥前守鎮衛《ひぜんのかみやすもり》、この物語当時の南町奉行である。

「そう、その根岸殿じゃ」

「なぜに、代官所が管掌する品川の地のことを、南町のお奉行様が？」

「その品川を管掌する代官に泣き付かれたからのようじゃ――代官からすれば、勘定奉行の石川殿の即断はあまりにも危ういと思うたのであろう。

いったんは代官所の仮牢から出した者を、なぜ性急に小伝馬町の牢屋敷へ入れ直して調べをせねばならぬのか。当人が逃げることも、急がねば何らかの証《あかし》が揉《も》み消されてしまうことも、ほとんど考えられはせぬというのに。できることを見極めながらゆるりと探り、何が正しいのかを確かめてからでも遅くはないのにの。

小伝馬町で責《せ》め問《ど》いがましきことなどしてしもうた後で、実は本当にやんごとなき身分の女性《にょしょう》であったなどということが発覚してみよ。これまで数々の功績を挙げてきた石川殿の名を、貶《おとし》めることになりかねぬ。お上が京への遠慮を覚えれば、勘定奉行の職を追われることすらあり得よう。まあそのとばっちりが、代官《じぶん》にまで及ぶのを恐れたということもあるやもしれぬが」

一橋家《ひとつばしけ》から本家である徳川家へ養子入りし家督《かとく》を継いだ十一代将軍家斉は、本来将軍を引退した者の呼称である「大御所《おおごしょ》」の名乗りを実父の一橋治済《はるさだ》に許してもらうべく、当時老中首座《ろうじゅうしゅざ》であった松平定信《まつだいらさだのぶ》に朝廷への働き掛けを命じた。

しかし交換条件とも受け取れる朝廷側からの要求に費用面の問題から幕府が応えられなかったことなどにより、何度折衝《せつしよう》を繰り返しても不調のままに終わっている。

それから何年も経ち、すでに家斉も大御所の件は諦めていようが、当時朝廷とギクシャクした関係はいまだ引きずっている部分があってもおかしくはないのだ。

「なるほど、代官殿が上役である石川様のことをなぜ案じているかは判りましたが、南町奉行の根岸様に相談を持ち掛けたのはどういったことからにございましょうか」

「代官が石川殿を案ずるのは、己も巻き込まれるのは御免との考えがあると同時に、それだけ役儀の上で世話になったという思いもあるからだろうな。だから、石川殿から命が正式に下りてしまう前にいろいろと意見を言上《ごんじよう》してなんとかと、きを稼ぎ、その間に石川殿を説得できるような結果を出そうとしておるのであろう。

それから根岸殿は、今の南町奉行に任ぜられる前は、長年に亘《わた》り勘定奉行を勤め上げた御仁ぞ。代官からすれば石川殿より前からの上役であり、石川殿からしても大先達《だいせんだつ》であることは間違いなかろう。手をつけかねて困ったときに、相談する相手として頼ろうとする先になるのは当然であったのだろうな」

品川を含む荏原郡《えばらぐん》を管掌する代官は、韮山《にらやま》代官を代々世襲《せしゅう》で務《つと》めた江川《えがわ》家（歴代当主は江川太郎左衛門《たろうざえもん》を襲名）などとは違い、そのときどきの勘定所《かんじようしよ》の役人から任ぜられている。つまり勘定奉行時代の根岸は、当該の代官が現職に任命される以前の勘定所の役人であったころからの、直属の上役であったことになる。

「その根岸様が、ご自身でどうにかせずにこちらを頼ってきたというのは」

「それだけこたびの石川殿の態度が頑《かたく》なだということやもしれぬし、普段からそうした石川殿の有りようを知っておったから、自ら手を出すことで却《かえ》ってややこしくなるのを避けたのやもしれぬ。

付け加えれば、もともと町奉行は多忙な仕事。さらに根岸殿が着任してよりの南町がどのようであったかは、そなたもよく知るところであろう」

根岸の前任、前々任の南町奉行であった、村上大学義礼《むらかみだいがくよしあや》と坂部能登守広高《さかべのとのかみひろたか》の二人は、それぞれ二年前後という短い間でお役を交代していた。短期間でも任期中きちんと勤めを果たしていればまた違ったのかもしれないが、これだけ在任期間が短いのにはそれなりの理由があった。村上が任期中死亡しているように、二人ともに健康上の理由からお役が果たせないような状況が生じていたのだ。

その間の南町奉行所は残った指導層《主だった与力》が何とか体裁《そとづら》を保つだけで精一杯であり、下への統制が緩《ゆる》んでしまっていた。根岸はその余波を受け、多忙な町奉行の業務の合間での組織立て直しに大いに苦労している。

そうした中、配下の吟味方《ぎんみかた》与力があり得ないような独善的なお裁きを下すという事態が生じ、裄沢はこれに関わることになったのだった。

石川と代官、それに根岸の関わり合いは聞けたが、それで己が呼ばれたことについて全て得心がいったわけではない。まだ一番肝心な部分が抜けている。

「そこまでは判りましたが、南町奉行の根岸様が、わざわざ北町の一同心であるそれがしをご指名とは？」

小田切は再び手にした湯呑からちらりとこちらへ視線を上げて言った。

「己からしゃしゃり出て先方を引《ひ》っ掻《か》き回《まわ》しておきながら、まさか自分が目立ってはおらなんだなどと、思ってはおるまいな」

「それは……」

南町の吟味方与力による不正な裁きがそのまま見逃されようとするのを、強引な手立てをもってひっくり返したのが裄沢だった。その端緒《たんしょ》が根岸への上申書《じょうしんしょ》提出だったこともあり、裄沢の名は下の者《同心連中》ばかりでなく当然奉行を含めた南町のほとんどの者に知れ渡ることになったはずである。

絶句する裄沢へ、小田切は淡々と続けた。

「すでに勘定奉行より転じた根岸殿が元の職場へ直接口を出すには差《さ》し障《さわ》りがあるような状況で、かと言って新たに任じられた仕事場での下僚《かりょう》はいまだ十分掌《しょう》握《あく》したとは言い切れぬところがある――それを根岸殿や南町の内与力に再認識させたのもそなたであろう」

裄沢が南町で引き起こした騒動は、一つ間違えれば南北の町奉行所が衝突する事態を招きかねないものであった。当初から最低限の配慮は欠かさなかった裄沢の動きと、ことの推移を案じた小田切も含む周囲の者らの尽力によって、懸念《けねん》された状況はどうにか回避できたというだけだ。

しかしさすがに、遠慮会釈のない他の役所の最上位者への横槍《よこやり》を快《こころよ》く思わない者を、全く出さずに済ますことはできなかった。裄沢が起こした騒動の余波として、南町の上層部の意向よりも自身の底意地《そこいじ》を通さんとすることを優先する者が現れたのだ。

この反逆児の出現は「ほんのさざ波」程度の揺れで終息したが、それでも「本来町奉行所とは関わりのない、なおかつ繊細な配慮を必要としそうな探索に、根岸が自身の下僚を使うのを躊躇《ためら》わせる理由になっている」と言われたならば、「さざ波」を引き起こした張本人である裄沢に否定できることではなかった。

「あれだけ南町を振り回した者には、先方に対する借りがあろう。わざわざそれを返す機会を早々に与えてくれたのじゃ。まあ、世の習いをわきまえておる者なれば、とうてい拒《こば》むことなぞできはしまいな」

小田切が駄目を押す。裄沢としては、「畏《かし》まりました」と平伏して白旗を上げてみせるより他に、できることはなかった。

五

浅草新寺町は不忍池《しのばずのいけ》や上野広小路《うえのひろこうじ》から見れば東方、新堀川《しんぼりがわ》を挟んで東本願寺《ひがしほんがんじ》の西側に広がる土地の呼称で、一つの町というよりは周辺一帯を指す言葉である。

ここは地名のとおり小さな寺がいくつも寄り集まった場所であり、それぞれの寺の規模に即した狭隘《きょうあい》な門前町を備えているところも少なくなかった。寺社の門前町はもともと寺社奉行《じしゃぶぎょう》の管轄下にあったが、本来業務とは違う町家管理の煩《わずら》わしさからか、この時代にはそのほとんど全てが町方支配に切り替わっている。

前日に北町奉行の小田切から命を受けた裄沢は、そのうちの一つに到着したところであった。門前町の名のとおり、仏具屋や花屋のような見世が散見《さんけん》される以外は、通常の町並みと大して変わるところがない。

北品川宿の旅籠で捕らわれた、琴という飯盛女の身を預かっている者は家主《いえぬし》だと聞いたが、庶民が住み暮らす裏店《うらだな》（裏長屋）を預かるような人物ではなかった。裄沢が訪ねた先は、表通りから一本入ったところの一軒家である。

話によれば店子《たなこ》（借家人）はいずれも表通りに見世を開く商人で、ただ家主をしているだけではなく、町名主《まちなぬし》のところへ毎日のように出向いてこれを補佐する仕事もしているということだ。住まいも、それなりに立派に見える。

考えてみれば、「もしかするとやんごとない身分」であるかもしれない女性を預かるならば、確かにこの程度の場所は用意するものなのであろう。

「御免。北町奉行所から参った裄沢と申す。家主をしておるということの主《あるじ》は在宅しておるか」

訪《おとな》いを入れた裄沢に対応したのは、奉公人と思われる男だった。代官所を通じて話は通っていたのであろう、家主自身も在宅しており、待っている座敷へすぐに案内された。

「この門前の表通りに面する見世見世の差配《さはい》をしております、伍平《ごへい》と申しまする」

五十を過ぎた総白髪《そうしらが》の男が、裄沢に対し深々と頭を下げた。

「俺は北町奉行所で隠密廻りを拝命しておる裄沢という。こたびは領分違いのことに口を挟む仕儀《しぎ》となったゆえ、そなたも余分な手間と思うておろう。迷惑を掛けるな」

相手の立場をきちんと斟酌《しんしゃく》する裄沢の穏《おだ》やかな口ぶりに、伍平は「とんでもないことで」と手を小さく左右に振った。やってきた町方が威張《いば》り散らすような者でなかったことに安堵《あんど》したらしく、肩から力が抜けたようだ。

「さて、そなたも俺に付き合っていつまでもときを潰しているわけにはいくまいから、単刀直入《たんとうちょくにゅう》にいかせてもらうぞ——そなたが預かった琴という女の様子はどうだ」

「はい。この家の離れに住んでもらっておりますが、日々落ち着いた暮らしぶりで静かに過ごされているようで。預かる際には北品川宿の宿場女郎と聞いておりましたので、まあ代官所の手代をやっている従弟《いとこ》を通してのご依頼でしたから引き受けは致しましたものの、果たしてどれほどの阿婆擦《あばず》れかと危ぶんでおったのですが、実際に迎え入れてみたところ、正直に申し上げまして拍子抜《ひょうしぬ》けしておるような心持ちでおりまする」

「離れに――独りでか」

「はい。女中はつけておりまして、用を言い付けられればすぐに向かわせるようにはしておりますが、ご当人は『独りがよい』と言うものですから。常にそばに置いてはおりませぬ。

ただし、ご当人は気づいておらぬでしょうが、何か尋常ならざることをせぬか、その女中だけではなく下働きの者らにも気をつけさせておりまする」

秘かに監視する者は置いているということである。

「それで、何か変わったことをする様子は」

「今のところ、いっさいございませぬな。外を出歩きたいとの希望も口にはされませんで」

「ずっと部屋にいて、普段は何をしておるのだ」

「求められたのは紙と筆《ふで》の類《たぐい》、それにもしあればということで、歌の本を望まれましたな。お望みとは少々違うかもしれませんが、手許《てもと》に文考《しこう》（松尾芭蕉《まつおばしょう》の門人、各務支考《かがみしこう》）らの『伊勢新百韻《いせしんひゃくいん》』がありましたのでお渡ししたところ、たいそう喜ばれましてな」

「さようか。そういえば、そなたの縁戚《えんせき》である代官所の手代が言っておっただけでなく、そなた自身も離れに置くことにした女は公家の血縁ではないかと感ずるところがあるそうだな」

「はい、日ごろの立ち居振る舞いを見ておりましても――たとえば、ときには母屋《おもや》へ呼んで食事を共にするようなこともしてみたのですが、その際の所作《しょさ》を見ても、どうにも下々《しもじも》の生まれ育ちとは思えませせぬで」

流れ流れて品川宿の飯盛女にまでなったとなれば、食い物で贅沢《ぜいたく》を言うことはなかっただろうが、この家の主が相手の様子を見がてらの食事に誘ったとなれば、それ相応の膳《ぜん》を供《きょう》したであろう。その上で伍平《ごへい》がこうした感想を口にした以上は、単に女郎なれば膳の食事も慣れているという意味ではなく、やんごとなき姫君だったとしてもおかしくない程度の作法はわきまえているように見えたということだ。

「なるほど。して、他に気になったことや俺に言うておいたほうがよいと思うことがあったなら、教えてくれぬか」

そう問うた裄沢に対し、伍平の返事は「特に思い当たるところはない」という期待はずれなものであった。そこで家主に対する聞き取りはこのぐらいにし、裄沢はさっそく琴当人と会ってみることにした。

離れの琴のところには、伍平当人が案内してくれた。琴へ自分のことを紹介してくれた伍平に、裄沢は無言で目を向ける。それだけで相手の意を察した伍平は、「自分は用事があるので」と断って座を立ち、その場を二人だけにしてくれた。

去りゆく伍平の背を見送った琴は、何の気負いも感じさせることなく裄沢に向き直る。

「それで、町方のお役人様が、品川の女郎にどんな御用でござんしょうか」

「そなたは親しい客に、家を出たのは十七のときだったと語ったことがあるそうだが、すでに京の訛《なま》りはすっかり抜けておるようだな」

「そんなことまで憶えてる客がいましたかね。なに、ただの女郎と客の間の睦言《むつごと》に紛《まぎ》れ込《こ》ませた戯《たわむ》れにござんすよ」

「それにしては、ずいぶんと微《び》に入り細《さい》に亘《わた》っておったと聞いたが」

「女郎の千三《せんみ》つ（嘘八百《うそ》）にござんす。一人でも多く馴染みんなろう《これからもかよってやろう》って気にさせなきゃあ、あたしらなんてたちまちお飯《まんま》の食い上げにござんすから」

「そなた、歳はいくつになる」

「はて。今年で二十五になりましたかねえ。旅籠の主に、あっさり見捨てられるだけの年増《としま》になりまして」

「すると、京の家を出てから足掛《あしか》け九年になるか」

　裄沢の言葉に、琴の眉《まゆ》が寄る。

「あたしの京の生まれなんてのは、戯《ざ》れ言《ごと》だと言ったはずですけど」

　裄沢は相手の抗議など意に介《かい》さず、そのまま話を続ける。琴がここへ来る段取りをつけた代官所の手代や、受け入れた家主の目をいちおうは信じたということもあるが、何より見も知らぬ町方役人であるはずの己の前でも気後《きおく》れ一つ見せぬ姿に「そうではないか」との思いを深めたからである。

　ただし代官所の手代が口にしたという、「ある程度は高貴に連《つら》なる者ではあっても、必ずしも当人が口にした出自《従一位権大納言の息女》が真《まこと》であるとは限らない」との考えにも同意していたため、口調を改めることまではしなかった。

「そなたがこの九年の間、様々な苦労をしてきたであろうことは想像がつく。が、そこを訊こうとは思わぬ。俺が知りたいことはただ一つ、そなたをここへ送るために尽力した、代官所の手代が抱いた疑いが真実かどうかだけだ」

「だから、全くの出鱈目だと申しておりましょうに」

「ここでこうして世話をしてくれる者がいることを、ありがたいとは思わぬか」

「……ええ、たいへんありがたくは存じますよ。けど、あたしがこうしてくれと、頼んだわけじゃあない。むしろ、なんでこんなことになってるのか、こっちが面喰《めんく》らってるところで」

そう吐露《とろ》する琴を、裄沢はじっと観察していた。相手の表情の変化を見ながら、次の言葉を発する。

「そなた最初に、町方役人が品川の女郎に何の用かと問うたな」

「ええ。だって品川は御府外。あたしは町方の旦那が調べなきゃならないような相手じゃありませんよね——旅籠に囲われた女郎なんて、江戸のほうへ勝手に出向いて悪さができるような身じゃありませんし」

「今、そなたの身がどういう扱いになっておるか、己で判っておるか」

「？　どうなってるかって、勝手に体を売ってるってことで捕まったということとにござんしょう？　元の旅籠に戻してもらえるかと期待してたんですけど、こんなところへ連れてこられたところからすると、吉原へ送られることになるんでしょうかねえ」

何も判っていない琴へ、裄沢は嚙んで含めるように諭《さと》す。

「私娼として捕まって吉原へ送られる女が、今そなたが受けているような接遇《せつぐう》を受けられると思うか？　そなたの歳も考えれば、たとえ吉原へ送られたとしても、よくて小さな妓楼で一番格下の女郎としての扱いを受けるのが精一杯。下手《へた》をすればもっと下の河岸女郎《かしじょろう》に落とされるであろうというのに」

「……それが、権大納言のお姫様だったって出任《でまか》せで、これだけ良い扱いを受けられてるってことですかね」

「もしそれが、そなたの出任せだったということで決まりとなれば、かような扱いでなくなるだけでは済まぬぞ」

「？」

「人を謀《たばか》って高貴なる身分を僭称《せんしょう》したとなれば、重き罪は免《まぬが》れぬ」

琴は顔色を青くして、「まさか、打ち首にございますか？」と震える声で問うてきた。

六

裄沢は「いや、そこまでにはならぬであろうが」と返すとホッとした顔になるが、まだその先に続く言葉があった。

「追放刑になるなれば江戸や品川では無理でも、もそっと離れた宿場で同じような商売もできようが、悪くすると遠島に処せられることもあり得る」

これは単なる憶測ではなく、今のお役に就く前に用部屋手附同心《ようべやてつきどうしん》をしていたころの経験から得た知識であった。なお用部屋手附同心は、奉行の仕事の下支《したざさ》えをするお役であり、お裁きの前例を調べたり、判決文を含む様々な文書の草案《そうあん》を作る仕事も任されていた。

「島流《しまなが》しにございますか……」

「どこの島に送られるにせよ、満足に暮らしの成り立たぬ者が多いと聞く。御赦《ごしゃ》免《めん》（恩赦《おんしゃ》）があれば戻ってはこられるが、それが行われるのは新たな公方《くぼう》（将軍）様が就任される際などのほんのわずかな機会のみ――赦免が叶う者は、島へ送られた者のうちのたったひと握りに過ぎぬ。しかも、その多くは送られてから二十年以上も経《へ》た後でのこととなる」

犯罪者を取り扱う役人からの衝撃的な話に言葉を失う琴へ、裄沢はさらに不安を掻き立てるようなことを言って聞かせる。

「が、このままだと、そなたにはそれ以前に別な艱難辛苦《かんなんしんく》が待っていることとなろうな」

「別な艱難辛苦？　……」

「今の申し分が変わらぬなれば、そなたは高貴な身分を詐称《さしょう》したとして小伝馬町の牢屋敷に収監されることになる。そこでは、厳しい詮議《せんぎ》が行われるであろう。果たして女子《おなご》の身のそなたに耐えられるものか……」

「でも、あたしは出鱈目だって、もう白状しちまってるんですから──」

「それを認めただけで調べは終わらぬ。果たして誰に、どれだけのことを言っておったのか、それを得心するまで調べ尽くさんと、詮議する者はそなたを責めようとし続けるぞ」

琴は「そんな……」と絶望する顔になる。女郎が閨《ねや》で相手をした客に、睦言の合間に語ったことである。当人だとて、誰に何をどこまで語ったのかなど、克明《こくめい》に憶えているはずはない。

「ゆえに、もしそなたが旅籠で客に語ったことが本当であるならば、それを明かせと申しておるのだ」

「……言ったら、信じてもらえるのでしょうか」

「なぜに、そなたがこのようなところで不自由なく暮らせるようにしてもらえていると思う。そは、ここを世話した代官所の手代をはじめとして、そなたの申すことに真実が含まれていると考える者が確かにいるということぞ。

　ただし、何人か信じてくれる者がいるというだけでは足らぬ。そなたがかつて口にしたことを、不遜《ふそん》な出鱈目に違いないと思い込んでおる者もいるからにはな。そなたが本当のことを言っていたと信じてもらうためには、誰が見聞きしてもそうに違いないときっちり得心させるだけの証がいる」

　裄沢は、じっと相手の目を見て続けた。

「誰か、そなたが高貴な身分ある者の縁者《えんじゃ》に違いないと、証言してくれる者の心当たりはないか――それが殿上人《てんじょうびと》（公家のうちの上位者）やその係累であればいうことはないが、たとえそうではなくとも、他人からの信用ある者ならばとりあえず誰でもよい。そなた自身のためだ、じっくりと考えて、心当たりの者を教えてはくれぬか」

殿上人が証人となればまずはすんなり片がつくであろうが、そこまでいかなくとも相応の信用ある者から保証がなされたなら、勘定奉行の石川も性急な処置は思い留まるに違いない。ならばそこからは、じっくりと腰を据えて証を立てていけばよいことになる。

前のめり気味な裄沢の言葉に、しかしながら琴の反応は薄かった。溜息《ためいき》を一つついて、淡々と語る。

「何をおっしゃいます。先ほどからあたしは、高貴な出だなどというのは全くの出鱈目、ただの下賤の生まれだと申し上げているじゃあありませんか」

「……このままだとそなたがどのような目に遭《あ》わされてしまうか、しかと聞いたと思うが、理解がつかぬか」

「いいえ、たいへんな目に遭わされそうだってことは、あたしのような者にも十分伝わりましたよ。けどね、そんな目に遭わされたくないからって、嘘をついてそれがバレりゃあ、もっと酷《ひど》いことになるんじゃないんですかね。

そんなんだったら、どうせなるようになるはずと最初っからみんなお任せするっきゃないでしょう——ええ、八丁堀《はっちょうぼり》の旦那のお心遣《こころづか》いはありがたく受け止めさしてもらいましたよ。こんなどうでもいい女のために、いろいろとお手間を取っていただいたことはたいへんに感謝しております。けど、ならぬものはならぬで、しょうがないですから。また牢屋に入れられるってんなら、大人しく従いましょうさ」

琴は、「そんときは引《ひ》かれ者《もの》の小唄《こうた》でも唄っていきましょうかね」と薄く笑った。裄沢はじっと目の前の女を見る。

「そなたは、それでよいのか。そなた自身が望もうとせなんだら、俺では何もしてやれぬ。そしてこの機会を逃せば、もうこの先はおそらく一本道になってしまうぞ」

琴は、穏やかな目を裄沢に向けた。静謐《せいひつ》な——そして、全てを諦めた者の目の色だった。

「お役人様があたしのことを思って言ってくださってるってのは、こんなあたしでも十分判りましたし、ありがたく思ってもおりますよ。けどね、どうしようもないことは、どう足掻《あが》いたってどうにもならない——あたしが何か言って、それでお役人様たちが動いてくださったとしましょうか。

向こうさんの返答は、『そんな者はいっこうに存ぜぬ。迷惑ゆえこれ以上煩《わずら》わせるな』——そんなもんでしょうからね。で、『嘘をついてお上の手を煩わせた』ってことで余計に扱いが酷くなっちまう。それが、あたしのような者が辿《たど》る成り行きってヤツにござんしょう？」

確かに琴が何を言おうが、先方が相手にしなかった場合はどうなるかについて、裄沢にははっきりと否定することができない。先方の意向について推測する手立ても持っていなければ、これから先の琴の扱いについても手出しはできない立場にあるのだから。

それだけ手足を縛られた探索を任されているのだということを、改めて認識させられていた。

「そうか……また顔を出すやもしれぬが、もし気が変わったなれば、この家の主に伝えるがよい。こちらに報《しら》せが届くようにしておくゆえ」

立ち去る様子を見せた裄沢の姿に、琴は何か思うところがあったのか、自分から語り掛けてきた。

「お心遣い、ホンにありがとうござんす――あたしの気持ちが変わることはまずないでしょうけど、見も知らぬただの女郎にここまで心配りをしてくださった旦那だ。御伽噺《おとぎばなし》の一つでもして差し上げましょうかね」

浮かせかけた腰を落とし直した裄沢を見ながら、琴は続けた。

「昔むかし、京のとあるお屋敷に、高貴なる身分の公家のお姫様がいらしたそうにございます。ほんのときおりしか会えはしませんでしたが、父親である身分高き公家のお方は、姫をたいそう可愛がってくれたそうにございまして。なのに、なぜときおりしか会えぬのか——それは、姫がその公家の本邸ではなく、洛中《らくちゅう》（京の市中）より離れた別邸で住み暮らしていたからです。

姫は、その高貴な公家と正妻との間に生まれた子ではなかったのでございます。公家は姫を手許に置きたかったのかもしれませんが、正妻を憚《はばか》ったのか、あるいは養子としてその家に入った者だったからでしょうか。姫にはそこまでの事情は判りませんでしたが、ともかく寂《さび》しい思いをしながら独り奉公人たちだけを相手に暮らしていたのでした。

そんな姫も十五の歳を過ぎるほどとなれば、本来なればどこぞの家との縁談《えんだん》が持ち上がっておるはずにございましょうが、正妻の差し金か、それとも身分低き女との間に生まれた娘だと知れ渡っているゆえか、そうしたお話はとんとございません。それを見かねたのか、姫のそばで世話をする者の一人が、『それならば幸い姫様は和歌《うた》を好まれお得意でもいらっしゃる。このままこのお屋敷に居続けておっても、飼い殺しのようにされるだけなれば、歌修業のため諸国を旅して回るのはいかがにございましょうか。昔よりそうした例は数限りなくございますし、我らが供についていくからには、道中の心配もございません』と、それまで考えもしなかったことを奨《すす》められたのでございます――いえ、考えもしなかったというのは、正しくはないでしょう。今のこのどうにもできぬ我が身の有りようを、ずっと憂《うれ》えて解き放たれたいと心の奥では願い続けていたのですから。

歌修業の話は父親である高貴な公家にも伝わり――なぜか姫君当人が相当に乗り気だという、どこから出たのかも判らぬ形でのことだったのですが――姫としても心誘われる思いもあって、父に問われたときに『そうできればと願っております』とお答えしたのでした。そこからは、姫があれよあれよと思ううちに旅立ちが決まっておりました。父親である公家には引き止めておきたいとの気持ちはあったものと思われますが、陰で正妻が出立《しゅったつ》を後押ししていたのか、あるいは父の公家ご当人にも『別邸に閉じ込めたままより外に出せば何か新たな展望が開けるやもしれぬ』との願いでもあったのか、ついに姫の意向を認めることとなったのでした。

そうして姫は、わずかな供を従えて、歌の修業の旅に出たのでございます」

琴はホウとひと息ついてから、続きを口にする。

「最初のうち、洛外《らくがい》（京の郊外）や琵琶湖《びわこ》の畔《ほとり》などを経巡《へめぐ》っている間は、何の憂《うれ》いも覚えることのない順調な旅にございました。けれど、それが近江《おうみ》（現在の滋賀県）の土山宿《つちやましゆく》から伊勢《いせ》（現在の三重県）の坂下宿《さかしたしゆく》へ鈴鹿峠《すずかとうげ》を越えるころにはもう怪しくなって参ったのでした」

「琵琶湖の周辺や京・大坂を旅して回ったのではなく、東下《あずまくだ》りをなされたと？」

裄沢が問うたのは、旅慣れぬ者が最初から遠方を目指していくという行程を不可解に思ったからである。ましてや、旅をする一行の主人はうら若き姫なのだ。

「はい、姫君自身もその辺りを旅するつもりでございましたろうが、供の者に導かれるまま歩いているうちに、いつの間にかさような旅路になっていたと」

裄沢は口を噤んでただ目の前の女を見やっただけだが、視線を受けた琴のほうは相手が何を考えているのかはっきりと判った。無言の問いに、ただ頷く。

「もともとわずかな供は、そのうちに一人減り、また一人いなくなりと、またたく間に姿を消していったのです。『自分がずっと供をする』と姫を誘った者が最初にいなくなったのは、父親の正妻に唆《そそのか》されて、目障《めざわ》りな姫を京から連れ出してしまえばそれでもう役目は終わりということだったのでしょうか。いずれにせよ、供の中に姫の味方はおりませんでした。最後まで残った者は、己の主への忠義《ちゅうぎ》などからではなく邪《よこしま》な魂胆を抱えていただけ。

その後、姫がどのような運命《めい》を辿《たど》ったのかは、語らずともすでにお判りのことと存じます」

「その間、実の父親からは？」

「何も——供から京への連絡《つなぎ》がなく行方知《ゆきがたし》れずとされたのか、はたまた正妻の説得を受けて『最初《もともと》から存在《おら》せぬ者』だと見捨てたのか、定かではありませぬな」

口を閉ざしたまま自分を見つめる裄沢へ、琴は淡々と話を締《し》め括《くく》った。

「物語はここまでで終わりにございます。この後、もし落ちぶれた姫が何かの機会を得て親元を頼ったとしても、正妻やその周囲の者に知らせを握り潰されるか、あるいはかつては慈《いつく》しんでくれた父から一顧《いっこ》だにされずに終わるか、そんな幕切れにござりましょう。慈悲なきそうした己の定めを目の当《ま》たりにせずに済まさんとするのが、姫にとってはなけなしの、最後の最後に残した気位《きぐらい》といえるのやもしれませぬな」

語り終えた琴は、裄沢に微笑《ほほえ》んだ。

「長々と、つまらぬ話をしてしまいました。取るに足らぬ者へ分不相応なほどの配慮をしてくだすったお役人様に、ただの女郎ができるのは、お粗末ながらこんな程度《もの》でございます。お耳汚しにござんした」

さっぱりとした顔で、深々と頭を下げたのだった。

「いかがでございましたか」

離れから出てきた裄沢に、案じ顔の家主が問うてきた。

「当人がその気にならぬままでは、どうしようもないな」

裄沢は、諦め気味に短く返事をした。

七

琴を説得する取っ掛かりを摑《つか》むこともできぬまま、浅草新寺町門前の家主のところを辞去《じきよ》した裄沢は、その足で北町奉行所へと足を向けた。

裄沢の目的地は、奉行所本体の建物の中にある御用部屋だった。お奉行はまだ登城中のはずゆえ姿が見えなかったが、内与力の唐家は、屛風《びようぶ》で周囲からの視界を遮《さえぎ》ったお奉行の席の近くで仕事をしていた。

声を掛けんと近づいていくと、気配に気づいたのか唐家が顔を上げた。

「おお、裄沢か。すでに何か成果が上がったか。お奉行《との》への報告なれば、江戸城《おしろ》から戻られるまでしばらく待ってもらうことになるが」

小田切家では家臣筆頭となる家令《かれい》であり、ずいぶんな年長者でもあるが、尊大なところはいっさい見せることなく、いつもながらの腰の軽さだった。

「いえ、申し訳ありませぬが、会えはしましたものの説得は全くの不調に終わりました。その報告だけにございますので、お奉行様にはその旨《むね》お伝えいただければとやって参りました」

唐家は、難しげな顔でただ「そうか」と返す。本来町奉行所が扱うべき事案ではないことから動くにも制約があるし、成果を上げる見込みが薄いことは十分認識してくれているのであろう。

が、裄沢は報告をそれだけでは終わらせず、さらに付け加えた。同じ部屋では少なからぬ用部屋手附同心たちが働いているが、声を潜《ひそ》めればその者らの耳に届くことはないと判断して口を開く。

ただし、万が一聞かれても問題が生じないように、具体的な言葉は使わぬような気の使い方はした。

「ですが、当人の話しぶりを見ておると、代官所の手代が抱いた疑いは、あながち間違ってはおらぬように思えました」

裄沢は、ただの女郎を相手にするには、少々難しい言葉も交えた堅い話し方をした。琴は、そうした裄沢の話しぶりに難なくついてきたのだ。

「ほう」

「はっきりしたことは申せませぬが、それがしはむしろ、近くに侍《はべ》る女官などであったというより、噂そのものの人物であるような印象を強く受けております」

琴が最後に御伽噺と称して語ったことから受けた、むしろ確信に近い思いであった。あの話は、まず間違いなく当人の経験譚《けいけんたん》であろう。

唐家も裄沢の言《げん》を疑うことなく、「なんと」と驚いた顔になった。

「ですが、本人に身の証を立てる気がなくばそれがしでは力及ばず、どうしようもありませぬ」

「それは……そうじゃな。歯痒《はがゆ》いことではあるが」

本来この件を扱うべき部署《代官所》の長《上位者》である勘定奉行が急《せ》かせているからにはときがない。裄沢は管轄外の案件に従事させられていることに加えて、腰を据えて取り掛かるだけの余裕も与えられず、まさに二重の足枷《あしかせ》を付けられているような状況に置かれているのだ。それは、唐家も十分承知してくれているようだった。

「今のところ打開の目途《めど》は少しも立ってはおりませぬが、まだしばらくはいろいろと足掻《あが》いてみようと考えております」

「そうじゃの。石川様のお指図が実行されるまでは、ご苦労じゃが続けてもらおうか」

「では、お奉行様にはよしなに」

「うむ。琴と話したそなたがどのように感じたかを含め、しっかりとお伝えしておく」

　そう請け合った唐家に頭を下げ、裄沢は御用部屋を後にした。


　勤め先である北町奉行所を出た裄沢は、いったん己の組屋敷に戻って普段着に着替えた後、再び表に出た。仕事を終えるにしてはまだ陽《ひ》が高いということも当然あるが、「何ができるか目当てもないままにせよ、ときが残されているわけでもない」という焦《あせ》りが体を動かしている。

　最初のうちに西へ向かって東海道に繋がる江戸一番の賑《にぎ》やかな通りに出た後は、道なりに真っ直ぐ南へと歩んでいく。そうやって着いたところは、先日琴が捕らわれるところを目撃することになった、北品川宿の旅籠の前であった。

「さて――」

と気合いを入れてみたものの、何をやろうというはっきりした目的があってやってきたわけではない。探索に行き詰まったときはまずは発端となった場所からと、原理原則に従って特段の考えもなく足を向けただけだった。

ではあったが、いざその場に立ってみて、はてこれから何をしようかとなると思いつくことがない。これが江戸の御府内ならば、堂々と目の前の旅籠に踏み入って主を呼び出し話を聞き出すのだが、町方が探索に関われる場所でないからには、そんなことを大っぴらにやれるはずもなかった。

なにせ、この地を管掌する代官所の求めに従って動いているとはいえ、その代官所を差配する勘定奉行には内々でことを進めているのだから。裄沢の動きが勘定奉行の石川の耳に入るようなことにでもなれば、本来関わりのないところへ秘かに相談を持ち掛けた代官がお叱《しか》りを蒙《こうむ》ることになるばかりでなく、それを受けた南町奉行の根岸や己の上役である北町奉行《小田切》にまで余波が及びかねないのである。

特に南町の根岸に対しては、借りを返すどころかさらなる借りを作ってしまう仕儀にもなりかねない。わずかでも噂になりそうな振る舞いは、厳《げん》に慎まねばならなかった。

――その上で、何ができる。

やはり、何も思いつけなかった。

旅籠からいくらか離れたところで周囲を見回してみるが、そこいらを歩いている者の数は多くとも、当然ながら見も知らぬ者ばかりだ。あのときに騒ぎの経緯を教えてくれた大工が見つかるというような、偶然も起きてはくれなかった。まあ、あの男がいたところでとうてい役に立つとも思えはしないのだが。

そうしてしばらくその場に立ち続け、はっきりしたのはここでは何もできることがないということだけだった。

いてもしょうがないなら、立ち去るよりない。ではどこへ行くか――。

我知らず足が向いたのは、あの日も訪れた南品川猟師町のお縫のところだった。

「入るぞ」

声を掛けると同時に、路地側の戸を開ける。お縫は、竈《かまど》の前に立って何か煮炊《にた》きをしていたようだ。

「いらっしゃい。今日は非番でしたかしら」

お縫が、驚きつつも嬉しそうな顔で迎えてくれた。

「いや、仕事をしていたのだが、どうにも行き詰まってしまってな。気づいたらこちらのほうに足が向いていたという次第だ」

「まあ、お役目を放り出してこんなところへ来たんですか」

「別段、怠《なま》けようとしているわけではないぞ。あんまり煮詰まって出涸《でが》らしみたいになっちまったもんで、そんならちょいと気分を変えてみようかってとこだったんだ。ここでお前さんと話をしてるうちに、何か上手《うま》い手でも思いつかないかと期待してのことさ」

「まあ、お上手《じょうず》だこと。でも、こんなあたしでもお役に立ちそうだっていうなら、お手伝いしましょうかね」

「ああ。商売の邪魔をするつもりはないから、下拵《したごしら》えはそのまま続けてくれ。生返事《なまへんじ》でも相手をしてくれりゃあ、そんでこっちは満足だ。勝手に喋《しゃべ》らせといてくれりゃあ、そのうち何か浮かんでくるかもしれないからな」

「じゃあ、煮物が焦《こ》げつかない程度には手許《こっち》を気にしながら、お相手させてもらいますよ」

それから裄沢は、土間と板の間の境の上《あ》がり框《かまち》に腰を下ろし、夕刻の見世開き前の下拵えの合間に相手をしてくれるお縫へ、まずは他愛《たあい》のない話だけ口にした。

　そのうちに一段落ついたのか、お縫が盆を持って裄沢のほうへと足を向ける。裄沢が手にした白湯《さゆ》入りの湯呑を取り上げ、隣に腰を下ろしながら二人の間に手にしていた盆を置いた。

「もうずいぶんと陽も傾いてきたし、こんな刻限ならいいでしょう」

　そう言って、取り上げた湯呑の代わりにぐい吞を渡してきた。

「もうすぐ客を入れる刻限ではないのか」

　この暖簾も看板も出していない、見世と呼べるのかも疑わしいような小さな飲み屋が開くのは朝夕の二度。いずれも客は近在の漁師で、それぞれ昼の漁、夜の漁が終わった後で疲れを癒《い》やしにやってくる者たちだった。

　商売を案ずる顔の裄沢に、お縫はあっけらかんとした顔でちろり（燗酒《かんざけ》用の銅製の容器）を持ち上げながら答えた。

「なあに、ようやく舟が戻ってきて、今は宿場の魚市に品物を並べてるぐらいですよ。ここへ辿り着くまでに、まだ一刻（約二時間）近くはあるでしょうから。それに、舟から下りたら怠《なま》けて仲間任せにして、抜け駆けでここへ来るような者《の》がいたって、『まだ支度ができてないから』って待たせときゃあいいだけですから」

お縫のもの言いに押されて、裄沢は促されるまま手渡されたぐい呑を差し出す。

燗酒が注がれるのを見ている裄沢へ、視線は同じところへ置いたままお縫が問うてきた。

「で、何があったんです？　あたしなんぞが聞いちゃあいけないことだったら聞きませんし、聞いたってお役に立てるとは思いませんけど、話してるうちに何かご自身で思いつくとか、あるいは吐き出すことで気晴らしになるってんならお聞きしますよ。

何にもできゃあしませんけど、口の堅いのだけがあたしの取り柄《とりえ》ですからね」

そう裄沢に胸を張ってみせたお縫は、かつて旅の軽業一座を表看板にする盗賊の一味だった。盗み《しごと》に入った家で脅《おど》すとか傷つけるといった行為はいっさいせず、家人《かじん》が全く気づかぬうちに蔵から大金を盗み出すという、鮮《あざ》やかな手口を特徴とする一団である。

表稼業の稽古中《けいこちゅう》に怪我をして、裏だけでなく表でも仕事ができなくなったお縫はずいぶんと前に一味を抜けたらしいが、そこからどういう生き方をしてきたのか、最後にはこの品川に流れ着いて漁師相手の小さな飲み屋を開くに至っている。

そこへ、騙《だま》され殺された仲間のために一味を解散した頭目《とうもく》が頼ってきたという だけで、お縫の人柄が知れよう。お縫は何年も前に関わりを断ったはずの頭目の願いに応え、その敵討《かたきう》ちを成就《じょうじゅ》させるために、自身がかつての罪に問われることになる危険も顧《かえり》みず手助けに尽力した。

裄沢は、その敵討ちに巻き込まれる形でお縫と関わり合い、そして町方役人という身分ではあり得ない手を打って、頭目の宿願を果たさせたのだ。

昔盗賊の一味であったことを町方に知られた女と、役人であるなら決して破ることの許されない律《りつ》を犯したことを、その女に知られた町方——二人の関わり合いは、頭目の敵討ちが終わったところで断ち切られるはずであった。が、実際には今もこうやって逢《あ》うことを続けている。

——これも、腐《くさ》れ縁《えん》と言うべきか。

いずれにせよ、お縫からは、すでにこの世にはいないであろう一味の頭目と比《ひ》肩《けん》できるくらいには信頼を寄せられているとの自負はあった。

酒をひと口含んでから、裄沢はゆっくりと話し出す。

「前回ここを訪れたとき、北品川宿の旅籠で騒ぎがあり、その咎人とともに女が捕らわれたところを見たと話したであろう――」

探索に差し障るところまで口にする気はなかった。しかし気づいてみると、琴の父親が従一位権大納言にまで至った人物であるということ以外は、ほとんどそのままに語ってしまっていた。

「――琴は御伽噺だと言っていたが、あれが琴当人の身に起こった実際の出来事だというのは、ほぼ間違いなかろう。しかし、それが判っておっても、当人に身を明かすつもりが全くない限り、俺ではどうにもできん」

裄沢は、小さく溜息をついた。じっとその話を聞いていたお縫が、ぽつりと思いを漏らす。

「自分が本当に高貴な公家のお姫様だって京へ伝えてもらっても、向こうじゃ誰も取り合ってくれないだろうってのは、悲しいけど本当にそうなんでしょうね。あるいはお迎えが来て京へ戻れたとしても、その御伽噺で語ったのがそのとおりだったら、やっぱり持て余されるだけでしょうしね」

「しかしそれでも、牢で厳しい詮議を受けて、その後は島に送られ食うや食わずの暮らしになるよりは、ずっとマシだと思うのだが」

この桁沢の意見には、お縫はしばらく思案してから返答した。

「難しい言い方だと、矜持《きょうじ》、とかって言いましたっけ。お偉い方にはお偉い方なりの、気位とか誇りとかってヤツがあるんだと思います。やったらたぶんそうなるだろうと諦めてたことを、実際やってみたらやっぱりそうだったたってことになったって、当たり前のことだなんて平気で思える人は、そうそういないんじゃないですかね。実際にそうなったとこをはっきり自分の目で見ることになっちまったら、たとえ前々から判ってたつもりになってたことだって、どうしようもなく心に来るものはあるんだと思います。

偉い方のことにして言いましたけど、こんなあたしだって、やっぱりそうなんですから。ましてや、周りの人たちに傅《かしず》かれて『誇り高く生きていきなさい』とかって教えられて育った人だとなれば、なおさらでしょう。それは、自分がもうどうしようもないほど落ちぶれちまって、自分でも十分それを判ってたとしても——いや、それを判っちまってるからこそなおさら、身のほどを思い知らされるような現実は目《ま》の当たりにはしたくないんじゃないですかね。

もしあたしだったら——やってやっぱり駄目だったら、しかも自分が今こんなに身を落としたってのを昔の知り合いに知られちまった上でそうなったら、それこそ身の置きどころもない気持ちになっちまうでしょうね。それを思ったら、証を立てろと言われたって呍《うん》と頷けるかどうか……小心者のあたしには、胸張って『できる』なんて言えやしませんね」

裄沢は、お縫の吐露《とろ》を黙って聞いた。己が判ったつもりになっていて、しかし実際にはその心の内まで十分思いやれていなかったことを、いくらかの痛みとともに受け入れた。

「そうか……」

そのひと言だけしか、口から出ることはなかった。

――お縫の言うとおりであれば、やはり琴の気を変えさせるのは不可能であろう。無理矢理どうにかしようとしたとして、しかしそれは、却《かえ》って琴のためにならぬのかもしれぬ。

そうであれば裄沢には、もう一つも打てる手はなかった。

――ここまでか……。

そう断念しようとしたとき、「裄沢様」と隣に座る女から声が掛かった。

八

琴を訪ねた後にお縫のところへも足を運んだ日、裄沢の帰りは遅かった。お縫が客の相手をしている間は隣の座敷を借りて、横になって酔いを醒《さ》ましていたのだ。お縫が客を帰してから二人で飯を食い、なんだかんだあって結局己の組屋敷に着いたのは深夜のこととなった。

再び琴に会いたいと、裄沢が浅草新寺町門前の家主・伍平のところを訪ねたのは、それから二日ほど後のことだった。

前回琴と会った後で裄沢から「お手上げだ」との話を聞いていた伍平は、またの来訪とともに別な理由でも妙な顔つきになっていたが、元々はこちら《縁戚の仕事先》からの願いで足を運んでもらった人物となれば、拒む理由もない。相手の望むままに、裄沢を琴のところへと通した。無論、お役人相手に余計なことは問わない。

「また邪魔をする」

琴が身を寄せる離れに裄沢が顔を出してそう告げたとき、琴の視線は声を掛けてきた相手の背後へと向けられていた。

町方役人であるはずの絎沢の後ろにいるのはこの家の主だけではなく、自分よりいくらか年上と思える女も従っていた。どう見ても町人としか思えない身形《みなり》からして絎沢の身内《妻女》とは考えられず、頼まれもせぬのに女髪結《おんなかみゆ》いのような者を伴ったにしては、それらしき道具も手にしていない。

琴には、いったい誰なのか見当もつかない人物だった。

「そちらは……」

ああ、と言って絎沢が後ろを振り返ると、当の女が前に進み出て自ら名乗った。

「初めまして、縫と申します。呼ばれてもいないのに勝手に押し掛けて、ご免なさいね」

にこやかに言い掛けてきたが、琴としては戸惑うばかりで言葉もない。

「初めて会ってすぐにこんなことを言うのも何ですけど、少しお話しさせてもらえるかしら」

「ええ……毎日やることもなく暇にしてますから、そりゃあ構いませんけど。でも……」

表情からも困惑を隠せない琴だが、やってきた女のほうは「これで了承は得た」とばかりに笑顔のまま裄沢を振り返った。気心《きごころ》が通じているのか、裄沢のほうはすぐに反応する。

「じゃあ、俺ははずすから、後はよろしくやってくれ」

不意に顔を出したと思ったら、すぐにそのまま去ってしまった。お縫と名乗った女のほうを気にしながら従う家の主を伴ってのことだ。

座敷に残ったのは、お縫と琴の二人だけになった。

「『よろしく』、って……」

琴はあれよあれよという間の成り行きに、ただただ茫然《ぼうぜん》とする。そこから立ち直る前に、お縫が再び語り掛けてきた。

「もう一回言いますけど、初めまして。あたしは縫と申しまして、琴さんがいらした北品川宿の川を挟んだお隣、南品川猟師町で、地元の漁師相手にほんの小さな飲み屋をやってる女です」

「猟師町の居酒屋の女将《おかみ》さん……」

「居酒屋なんて呼べるような立派な見世でも、女将さんなんて言われるような、たいそうな見世の切り盛りをしてるワケでもないですけどね」

はにかんだ顔になりつつも、何か言いたそうな琴へ、そのまま続ける。

「琴さんが訊きたいのは、そんな話じゃないですよね——裄沢様とあたしの関わりは……ちょいといろいろありましたんで、なかなかひと言じゃあ伝わらないと思うんですけど」

いったん言葉を区切って、琴をじっと見つめながらその先を口にする。

「簡単に言うと、あたしは昔、盗賊の仲間だったんですよ」

「えっ⁉」

「驚きましたか？　もういっぺん言いますけど、昔あたしは仲間と一緒に盗賊——盗みをやってましてね」

——掏摸《すり》とか空《あ》き巣狙《すねら》いの女盗人《おんなぬすっと》とかじゃなくって、こんな女《ひと》が自分で自分のことを「盗賊」だなんておっかない言い方をする？

そんなふうにあらぬほうへと思いを飛ばしている琴へ、お縫は委細構《いさいかま》わず自身の身の上を語り進めていく。そこからは、思いも掛けぬ話が続いた。

もともとが孤児《みなしご》で、角兵衛獅子《かくべえじし》の演じ手として親方の下で日銭を稼いでいたお縫だったが、ある旅の途中で親方が儚《はかな》くなり、途方に暮れているところを軽業芝居の一座に拾われたこと。その一座は、実は盗賊一味の隠れ蓑《かくみの》だったこと。お縫は一座の芝居に出ると同時に、裏の稼業にも加わるようになったこと。

その一味の盗《し》み《ごと》は軽業などの一座の技を応用したもので、少なくともお縫が一味に加わっている間は誰一人傷つけるようなマネもしなかったこと。そしてお縫は表稼業の芝居の稽古中に怪我をしてしまい、表でも裏でも仕事ができなくなったため、ほどなく一座から離れる始末となったこと。

「幸い、一座を離れるときは座主《ざぬし》――盗賊としての頭目でもあったんですけど、そのお人から過分な分け前もいただけましたんで、どうにかこうにか生《せい》を繋いで、今はこうやって飲み屋の女主でやっていけてますのさ」

自分の話を追いかけるだけで琴が精一杯になっているのに構わず、お縫は話を先へと進める。

「そうして、もう二度と一座の人たちとは会うことがないと思いながら、品川のはずれで静かに暮らしてたんですけどね――」

今年になってから、不意に一座の座主であり一味の頭目でもある男が訪ねてきたと言う。座主から手助けを求められたお縫は、すぐに応じた。断ったらどうなるのかが怖かったからではなく、かつての恩を少しでも返せればと思ったからだと、強い口ぶりで念を押してきた。琴としては、頷いて同意を示すよりない。

「で、その手助けってのが何だったと思います？　夜中に怪我をした男を一人連れてくるから、ひと晩介抱《かいほう》してやってくれないかって話でね。なんだ、そんなことかと拍子抜けしたんですけど、その連れてきた男、無理矢理だったのか酷く殴られて気を失ってまして。次の日に起きたときには、それまでのことをみんな忘れちまってましたんで——自分が、町方のお役人だってことも含めてね」

「えっ？　お役人……」

「そう、それがさっきの裄沢様だったんですよ」

ただ唖然《あぜん》とする琴へのお縫の話は、さらに思いも掛けないものになっていった。

お縫が仲間から離れて数年後、江戸での盗《しごと》みから正体がバレた一味はバラバラになって逃走、その途中で仲間の一部が海賊に騙され殺されたこと。座主が一味を解散し、自身は殺された者らの仇《あだ》を討つべくその海賊をつけ狙ったが、どうにも手出しができなかったこと。そこで以前にその海賊とも渡り合ったことのある裄沢に目をつけ、己がお縄を受ける代わりに江戸へ手を伸ばしている海賊どもも一網打尽《いちもうだじん》にしてくれるよう頼むつもりであったこと……。

だが、いっさいを知った裄沢は座主の願いに肯《がえ》んぜず、むしろ町方の身でありながらその敵討ちに手を貸したこと。裄沢に子細《しさい》を知られたことで自身も捕らわれる覚悟を決めたお縫も、座主が訪ねてくる以前と同じ暮らしを今でも続けられているこ と……。

全てを語り終えたお縫は、悪びれる様子一つなく真っ直ぐに琴を見た。

「それが、たぶん琴さんが聞きたかった、あたしと裄沢様の関わり合いの全部ですね」

「……そんなとんでもない話を、あたしなんかに明かしてよかったんですか」

もし琴が口を滑らせたなら、目の前のお縫ばかりでなくあの町方の旦那まで後ろに手が回るような大ごとだ。

——それを、ついさっき知り合ったばかりの自分なんかに……。

問われたお縫はカラリと笑う。

「なぁに、誰がどう証を立てようったって無理な、場末の飲み屋の女の戯言《たわごと》ですよ。いざとなりゃあ、『嘘八百、出鱈目を並べました』で済む話ですからね」

それでも得心がいかぬ顔の琴に、お縫は胸を張って言った。

「大丈夫。もしあたしが、かつては盗賊の一味だったってことがお役人方にバレたとしたって、裄沢様に大きな迷惑は掛かりませんから——あたしが密偵として裄沢様のお役に立ってたと言えば、それで通っちまうことですからね。ほら実際、さっきの海賊のことだけど、お江戸に巣くってたあいつらの隠れ家を見つけてご自身の町奉行所《ごばんしょ》へ伝えたのは裄沢様だから、それにあたしも一枚嚙んでたと言やあ、誰も文句なんぞつけられやしないんですよ」

たとえば町方の手先となって犯罪が行われていないかを嗅《か》ぎ回る御用聞きは、お上が雇い入れた使用人ではなく、町方役人が私的に使っているだけという立場であった。こうした者らは町家に顔が利いて犯罪者に恐れられると同時に、そうした連中の振る舞いに精通《せいつう》していないと仕事にならないため、かつて犯罪者であったか、いまだそうした行為に片足を突っ込んだままという人物が多くを占めていた。

市中で集めた情報《うわさ》を町方に流すだけの、廻り髪結いなどを表看板とするような者らもいて、これは御用聞きほどの悪《わる》は少なかったが、それでも元は犯罪者だったという存在がいないわけではなかった。

こうした御用聞きの類《たぐい》については、八代将軍吉宗《よしむね》が使用の禁止を発布するなど、幕府は建前《たてまえ》上存在を容認してはいなかったが、わずかな人数で広大な江戸の町家全ての治安を維持するためには必要悪との側面があり、江戸期全体を通じて多くの場合は黙認され続けたのだった。

お縫は、大金を何度も盗むという大罪を犯しているとはいえそれは過去の話であり、たとえそれが明らかになっても自分の身一つで済むはずだと琴に言ったのだ。

「……お縫さんは、それでいいんですか」

問われたお縫が目を丸くする。

「いいんですかって、他にどんなことがあります？　まさかこんな歳になってるのに、身分違いのお付き合いに恋い焦《こ》がれるような初心《うぶ》にゃあ見えないでしょう？」

お縫は視線をはずして宙へ目をやる。

「あたしは、角兵衛獅子の親方を喪《うしな》って途方《とほう》に暮れてるとこを座主に拾われて命を繋いだ。だから、その座主に手伝いを頼まれたとき、断ろうなんて少しも思わなかった。

その座主の手伝いで昔の悪さを裄沢様に知られて、これで鈴ケ森《すずがもり》（浅草の小《こ》塚原《づかつぱら》と並ぶ、品川にある処刑場）行きは決まったと覚悟したのに、こうしてまだ首が繋がったままでいられる――なら、少しでもお役に立てるようにしないと、それこそ罰《ばち》が当たりますから」

何だか話が取っ散らかっちゃいましたね、と笑うお縫の顔を、琴はじっと見つめた。

「お縫さんはあの町方の旦那のことを――」

言い掛けた琴の言葉を遮《さえぎ》るように、お縫が被《かぶ》せる。

「さあ、ずいぶんと長話をしちまいましたね。もうそろそろお暇《いとま》しなくっちゃあ。

でも、こんなあたしでも『もう駄目だ』って思ってたとこから、今じゃどうにか楽しく暮らせてるんです。琴さんならおんなしように――いえ、もっと前を向いて生きていけるんじゃないですかね」

「……………」

「誰に何言われたっていいじゃないですか。そりゃあ苦しいことも腹の立つこともあるでしょうけど、牢の中にずっと閉じ込められたり、食べる物にもこと欠いて這《は》い蹲《つくば》るように細々《ほそぼそ》暮らすよりゃあ、戻れる場所へお戻りになったほうがずっと楽に生きられるんじゃないかとあたしなんかは思えちゃいますけどね。

ああ、勝手なことばかり一人で好きに喋って、ご免なさいね。じゃあ、こんな出過ぎたお節介焼《せっかいや》きは、早々に退散しますから」

そう言うと、本当に腰を上げて座敷から出ていってしまった。声を掛けたそうな琴のほうを見ることもなく逃げ出すようにして去ったその姿は、何か問われては困ることがあるようにも見えた。

そう、琴が最後に突き詰めようとした二人の関わり合い、そしてお縫が心の内に秘めているであろう想いを問われることを――。

九

離れの座敷を出たお縫は、後ろ手に襖を閉めてゆっくりと息を吐いた。なんでもない振りを続けることはできそうになかったし、かといって中に残ったお人にはそのことを気づかれたくなかったし。

裄沢は、お縫にとっての恩人だ。座主と、その手助けを買って出たお縫にはどうしようもなかったことを、町方役人の決まりに反してまで叶えてくれたお方であれば、何を代償にしても恩をお返ししなければならないと思うのは当然だった。

いや、自分にまで嘘をつくのはよそう。座主のためにしてくれたことは自分にとっても大事であるけれど、それだけが理由じゃない。

稽古中、不用意な仕損じで怪我をして仲間としては働けなくなり、お縫は一座も一味も自分から申し出て抜けることにした。邪魔者《あしでまとい》として口封じをされるかもしれないとは思ったが、どうせ角兵衛獅子の親方が死んだときに座主に拾われていなければ失っていた命、そこで終わるならそれで構いはしなかった。

けれど、そうはならなかった。座主は、雑用でも何でもいいから残らないかと言ってくれた上でこちらの考えが変わらないと知ると、過分なまでの退き金《ひがね》（退職金、脱退慰労金）を持たせて送り出してくれたのだ。

座主はそんな人だったから、突然現れて手助けを求められたとき即座に応じたのは当然だった。

けれど、それればかりではない。一座を抜けて独りになった後、お縫はしばらくの間当て処《あど》もなく流離《さすら》い、気づけば今の家をわずかな金で買い取って住み暮らすようになっていた。目当てもなく流離っていたのにそうできるだけの金が手許に残っていたのは、自棄《やけ》になって使い捨てることができないほどの恩義を座主に感じていた、ただそれだけの理由《こと》だったろう。

今になってみると、飲み屋を開いてからも含めて、座主と再び見《まみ》えるまでの間はただ息をしているというだけで、己が生きているという実感はなかったのだと判る。単に自分で命を絶つことができないから、その日その日を仕方なく過ごしてきた。だから、もう会うことがないと思っていた座主が突然目の前に現れたばかりでなく、自分に助けを求めてきたことがありがたかった。そのとき、再び目醒めることができたというべきか、息を吹き返したような気がしたのだ。

ならば、座主の願いを叶えるために、自分にできる限りのことをするのは当然だった。座主が連れてきたお人が以前のことをみんな忘れているなんて算盤違《そろばんちが》いが起こっても、その想いは変わらなかった。たとえそれで、座主の最初の思惑とは違ってこちらが余分な迷惑を蒙《こうむ》ることになっても、そんなことは気にもならなかった。だって、一座を抜けて死んだようになっていた自分が、座主と再び出会えてはっきりと生《せい》を感じる暮らしに戻れたのだから。座主の願いが叶うか断念するかで今このときが終わったなら、それと一緒に自分が文字どおり死ぬことになっても悔《く》いはなかった。生きたまま座主と別れてしまえば、またただ息をしているだけの日々に戻ってしまうだけだと判っていたから。

裄沢様の前に座主が正体を現し、真実を告げたに違いないと判ったとき、自分は裄沢様の手でお縄になる覚悟ができていた。己は刑場の露《つゆ》と消えても、それで座主と運命を共にすることになるのであれば、むしろ本望《ほんもう》だった。

けれど、そうはならなかった。裄沢様は座主の願いを叶えた上で、自分もそのまま生かしてくれたのだ。

そうなってしまったとき、「ああ、以前のただ息をしているだけのときが、また始まるのか」と思った。それでも生き続けようとしたのは、座主の願いを叶えてくれたお人が自分にしてくれたことを、無駄にはできなかったからだ。

だから、味気ない日々が以前と同じようにただ続いていくのを、耐え続けなければならないと思っていた。それしか、裄沢様から受けた恩に報《むく》いるとともに、裄沢様を介抱したときに騙したことへの贖罪《しょくざい》をする手立てが自分にはなかったから。

けれど、そうはならなかった。全てを知った上で、町方として座主や自分をお縄にせずに座主を救ってくれたお人は、もう捨て置いていいはずの自分を気に掛けてときおり顔を見せてくれるようになった。過去を知られるという弱味を持った自分と、町方としてやってはいけない振る舞いをしたという弱味を見せた裄沢様――どこか、同病相憐《あいあわ》れむというか、互いの傷を舐《な》め合うような気持ちもあったかもしれない。

二人の間柄が実際、なぜこうなったのかなんてどうでもよい。自分は、裄沢様に生かされた。それまでの砂を噛むような日々がまた始まると思っていたのに、またそのうちに顔《なんどでも》を出してくれる人がいると信じられる暮らしが待っていた。いつまでもこれが続くとは思っていない。町方のお役人と、飲み屋というのも恥ずかしいほどみみっちい場末の荒ら屋《あばらや》で、主とは名ばかりの酌婦《しゃくふ》をしている自分――身分の差は、十二分にわきまえている。

だから、少しでも恩を返せる機会があるなら、せめて一緒にいてくれるうちに返せるだけ返そうと望んだ。それで今の関わり合いが終わることになっても仕方がない。今、こうやって毎日明日がくるのを待ち遠しく感じるという、思いもしなかった日々《しあわせ》をわずかな間でも与えてもらったのだから。

裄沢様が琴という人のことを教えてくれたとき、その人のことを心から案じているのがはっきり判った。けど嫉妬なんか少しも感じなかった。裄沢様は、惚《ほ》れた腫《は》れたでその人のことを心配しているわけではないのははっきり判ったし。

――恩を返せるのは今だろう。

そう思ったときには、「一度自分にも会わせてもらえないだろうか」と口にしていた。こうすれば上手くいくとのはっきりした考えがあったわけではない。それでも、その人と面と向かったならばどうにかできるはずという、よく判らない確信のようなものを抱いていた。

「会ってどうする」

裄沢様は、簡潔《かんけつ》にそう訊いてきた。

「はて、会ってみてからの出たとこ勝負ですけど、もしかすると琴さんとやらの気を変えさせることができるかもと思ってまして。なにしろ身分は違えど、おんなしように堕《お》ちるとこまで堕ちた同士ですからね」

裄沢様はしばらくこちらをじっと見ていたが、黙って見返していると、不意にその視線が柔《やわ》らいだ。

「そうか、では頼もうか。いつなら行ける？」

諄《くど》く問《と》い質《ただ》されることも、妙なことはせぬかと勘ぐられるようなこともなく、あっさりと認められてしまった。それで調子に乗ったつもりはないのだが、ついでに一つ願いを付け加える。

「それから、会ってる間は琴さんと二人だけにしてもらえませんか」

「似た境遇の者同士として心を通わせんとするなら、確かに俺は邪魔にしかならぬな」

今度はわずかの躊躇《ためら》いもなく、そう認められてしまった。

そうして、裄沢様に連れられてここまでやって来たのだった。


琴と別れて離れから母屋に戻ってみると、裄沢はこの家の主と二人でお縫が出てくるのを待っていてくれたようであった。

「今、戻りました」

どこまでのことがやれたかは自信がなかったけれど、できるだけはきと口にした。裄沢様は、いつもと変わらぬ表情をこちらに向けてきた。

「どうであった」

「はて、上手くいったかどうかはよく判りませんけど、琴さんはきちんとあたしの話を聞いてくれました」

「それで、琴《あ》さん《の》の《方》様子はどうでした」

裄沢様とのやり取りを聞いて、この家の主が不安そうに問い掛けてきた。

「特に変わったところなく。あたしの話に驚いた様子はありましたけど、ずっと落ち着いていらっしゃいましたよ」

家の主は「そうですか」と応じただけだが、不安そうな様子を隠せずにいたのは、お縫が素性《すじよう》の判らぬ者に見えていただろうから仕方がない。

「そうか、手間を掛けたな。帰る前に、俺も顔だけ出してこよう」

そう言うと腰を上げ、裄沢は一人離れへ向かっていった。


お縫が去った後の離れの座敷では、琴はまだ混乱から立ち直れていなかった。

「邪魔をするぞ」

そこへ声を掛けて顔を出してきたのは、裄沢というあの役人だった。

「あのお縫さんていう人は、いったい何なんですか」

伴ってきたまま放り出した男が現れたことで、咄嗟《とっさ》にそんな言葉が漏れ出してしまった。

「いい女だろう」

唐突《とうとつ》な問い掛けに、裄沢は思い掛けずも自慢げな顔で答えてくる。琴は呆れて言葉もない。

何とか気を取り直して――お縫について真っ直ぐ問うのは諦めた。

「お役人さん。あなた様が町方ってことは、品川で捕らえられたあたしとは関わりがないはずなのに、なんでこんなふうにかかずらってくるんですかいね」

裄沢が初めて顔を出した一昨日に最初に問うたことだが、まともな答えが得られぬうちに、自分が深刻なことになっていると言われてその点を追及する余裕がなくなっていた。再度の確かめだが、得られた答えがさっきのお縫という人と目の前の町方との関わり合いを解き明かすことになるかもしれないとの期待も含んでの問い掛けだ。

いや、今はそちらへの興味のほうがずっと大きいかもしれない。

裄沢は、こたびはきちんと返答してきた。

「先日も言ったかもしれぬが、そなたが客に対して口にした出自について、耳に入れてしまった勘定奉行がずいぶんと問題にしておっての。そなたの申すことが嘘とは思えぬと危ぶんだ代官所が、上役にあたる勘定奉行を自分らでは制止できぬということで、先達《せんだつ》の勘定奉行で今は南町奉行をしておるお方に相談したところから、巡り巡ってなぜか俺のところまでお鉢《はち》が回ってきたということだな」

「町方のお役人が、そんなことに手を出して手柄になるんですかいね。代官所だかどこだか知りませんけど、頼まれたことができなきゃ失敗《しくじ》り扱いになるだろうし、もしできたとしたって、今度は下手すりゃ勘定奉行様から睨まれることになるんじゃありませんか」

「ほう、さすがによく頭が回るな――けど、そんなことはどうだってよいな」

「どうだってよい？　……」

「まあ、普通のお役人なら出世に差し障るとか、己の居場所がなくならないかとか、そんなことを気にするんだろうが、俺はそういうのには関心がないでな」

「なら、なんで？」

「なんでだろうな。何か気になることがあると、どうにかしたいって思うようなときがお前さんにゃあないかい？　まあ、あんまりきちんとした答えにゃあなってないかもしれねえけど、まぁそんなとこだ」

「……」

黙ってしまった琴へ、裄沢が余所《よそ》を向きながら独り言のように何やら言い出した。

「京に、従一位で権大納言まで勤めた日野資枝ってお公家さんがいるそうなんだが、今から十年近く前に和歌の修業に出るため旅立ってった娘がそのまんま行方知れずになったってことで、ずっと探してたそうだ」

「！」

「修業で旅へ出たと言ったって、若い娘のこと、京の周辺やせいぜいが琵琶湖とか奈良《なら》ぐらいまで足を延ばせば満足するだろうと思ってたのが、東へ向かったまま消えてしまったってことらしくてな。

高位の公家が懸命に探したとはいえ、今の世の中、天子（天皇）様ですらつましくお暮らしになってると聞くからには、そうそう打てる手立ても掛けられる金もなかったのかもしれないな。いまだ、見つかってはおらぬということだ」

「………」

「その日野卿だけど、今は病《やまい》で伏せっておられるそうな」

じっと裄沢を見つめて話を聞いていた琴が、そのひと言に目を見開く。

「妻に先立たれて、己の命数《めいすう》（寿命）も残りわずかと覚悟をされておられると聞くが、ただ一つの心残りは、行方知れずになった娘の姿をせめてもう一度自身の目に焼き付けてから旅立ちたいということだそうな」

これは、南町奉行の根岸を経由して北町へ琴説得の依頼をした代官所から、前日のうちに知らされたことだった。おそらくは勘定奉行の石川が乗り出してくる前から、琴の出自に疑念を持ったという代官所の手代が、かつて奉公していた京の公家の手蔓《てづる》を使って確かめたのだろう。

じっとこちらを見たまま言葉もない琴へ、裄沢が静かに語り掛ける。

「日野卿の正妻《おくがた》が亡くなってもうだいぶ経つということだし、後を継いだ子の資《すけ》矩卿《のり》は孝心篤《こうしんあつ》いと聞く。たとえ行方知れずとなった娘が今どのような境遇にあるにせよ、亡くなる前に父にひと目会いたいと申し出るなら、願いは叶うのではないかな」

「……」

裄沢は言うだけ言うと、離れを出んと身体《からだ》の向きを変えた。顔だけ振り返らせて告げてくる。

「じゃあ、俺はこれで退散する。関わりのない者が二度も押し掛けてきて、煩《わずら》わしい思いをさせたな。そなたがこれからどうすることに決めても、もう二度と俺が会うことはあるまい。

もしそなたの気が変わるようなことがあれば、この家の主に相談するがよい。知っているであろうが、この家の主はそなたのことを心配してここへ送り届けた代官所手代の縁者だ。できることがあればやってくれよう」

そのまま、「ではな」と別れを口にして去ってしまった。

琴は、どう言葉を掛けてよいのか判断がつかず、無言のままただ見送ったのだった。

十

独りになった後も、琴は茫然としたまま裄沢が閉ざした襖を見つめていた。

お縫が勝手に話をしているのを聞くともなく聞いていたとき、「ああ、この女《ひと》は上手いこと町方の旦那に誑《たぶら》かされてるな」と、内心憐《あわ》れんでいた。だって、「自分がかつて盗賊だったことがお上にバレても、裄沢様は密偵として使っていただけだと言えばあの人に傷はつかない」なんて、出世のための踏み台にされてるだけではないか。

そもそも、元盗賊で場末のしけた飲み屋の女将なんて、町方でも羽振《はぶ》りを利かす廻り方の旦那とは身分違いもいいとこだ。それでいながら喜々としてあんなふうに言い切るなんて、どこまで人がいいんだろうか。それとも、それだけ裄沢っていうあの隠密廻りが、人を意のままに操《あやつ》ることに巧みなのか。

――まあそんなふうにお縫という女を不憫《ふびん》に思った自分だって、前回島流しだの責め問いだのって脅されたときには取り乱しかけたんだから、あの旦那が相当なもんだっていうのは間違いないところだろうけど。

そんなふうに見えてたのに、あの旦那がまた顔を出したところで、考えが揺らぐのを覚えた。己が疑問に思って問うて、あの旦那が答えたように、町方役人が勘定奉行に逆らって代官所のために動いたって、何もいいことなんかあるはずはないのだ。人のいい女を騙して自分の利益のために使い捨てるような男が、そんな危ない橋を渡るとは思えないからには。

――一個だけ、そうまでしてもあたしを動かしたい理由はあり得るか。

それは、裄沢や代官所の手代だけではなく、勘定奉行まで含めてみんなぐるだった場合だ。そのときの狙いは琴《じぶん》なんかではなく、父の日野資枝卿か家督を継いだ義兄《あに》、そうでなければ父や義兄を含めた朝廷のもっと広い範囲の方々だろう。

――でも、それはないか。

父が病に伏しているという裄沢の話が本当かどうか、遠く離れた品川で宿場女郎に落ちぶれた女に知る由《よし》もないが、もうだいぶ前にお役を退《しりぞ》いているということは知っている。それに父は従一位権大納言まで位が上がったというが、その父が世に名を知られているのは（そしておそらく帝《みかど》の覚《おぼ》え目出度《めでた》く出世したのも）和歌の名手だったからであり、今の朝廷そのものと同じく政《まつりごと》で重要な役割を担っていたわけではない。それは、あの義兄だって一緒だろう。

今さら行方知れずだったその娘が出てきたところで、日野家の中だけならともかく、朝廷を含めた世の中全体は小揺るぎもせぬはずだ。そしてただそれだけのことに、勘定奉行が代官所だけでなく町方まで巻き込んで何かしてくるなんて話は、どう考えても大袈裟《おおげさ》に過ぎるのだ。

——なら、あの裄沢っていうお役人が言ったことは本音？　本当に、ただ自分が気になったからどうにかしたいってだけ？

いや、ちょっと違うだろう。お縫さんによればあのお役人は、自身の身分が危うくなりかねないどころか下手をすれば罪に問われてもおかしくないほどの危険を冒《おか》して、お縫さんとその盗賊時代のお頭《かしら》のために、あっさりひと肌脱いだ。そんなことを、立身出世が何より大好きだったり御身大事《おんみだいじ》だったりする者にできるはずがない。

——そんなことができる人は……。

ともかく、これまで周囲に疎《うと》まれ騙され続けてきた自分とは、縁がなかったようなお人であることは間違いなかろう。

——「いい女だろう」

あたしがお縫さんのことを問うたとき、裄沢というお役人が口にした言葉が不意に思い出された。衒《てら》いのない、でもどこか照れているような言い方をしていた。

——あれは、本音。ならば、お縫さんを騙していいように使おうとしてるわけじゃない。

そんなふうに、いつの間にか信じている己がいた。

振り返って、己自身はどうだったか。

京の洛外のお屋敷から騙されて連れ出され、その後は周りに翻弄《ほんろう》されるがまま、最後には品川の宿場で女郎になるところまで身を落とした。そうなってしまうまでに味わわされた数えきれぬほどのつらい出来事が次々と身に降り掛かってくる間に、先へ望みを繋ぐとか、人を信じるとかいう心はすっかりなくしてしまった。

いや、女郎《こんな身》になってしまってからも、ほんのささやかな願いならあったはずだ。今の境遇《くるしみ》から抜け出すため、誰かこの身を救い出《請け出して》してくれる者は現れぬかと、日々訪れる客たちに望みを繋いだ。そうして「この男ならあるいは」と思った相手に目星をつけては、なけなしの丹誠《たんせい》込めて相手をしてきた。己の出自を語って聞かせたのも、判りもしないであろう和歌《うた》を贈ったのも、他の女郎とは毛色の違ったところを見せて少しでも自分に関心を持ってもらうためだった。

けれど、そうした頑張りはみんな無駄だった。ようやっと釣れたのは「どうしようもない」と見限らなきゃならないような男だけで、しかもそんな男に執着《しゅうじゃく》された挙げ句、とばっちりで縄目を受けるような目に遭うことになった。これぞ他人《ひと》を騙さんとした者が辿る末路《まつろ》かと、なれば己を騙し、いいように貪《むさぼ》り尽くした男どもはどうなったのだろうと、考えたとて答えの出ぬことへ思いを巡らせているのに気づき、こみ上げてくる苦い自嘲《わら》いを無理矢理押し殺した。

裄沢という町方の役人が、琴の身を預かる家主のところを訪ねてきたのは、そんなときだった。無論のこと、何を言われようがお為《ため》ごかしにしか聞こえない。己《琴》を救いたいという甘い口上の裏側に、立身出世を求めているだけとの魂胆が透《す》けて見えるような気がした。町方の旦那が帰ろうとするところを呼び止めて『御伽噺』を聞かせてやったのも、実際のところは示してくれた厚情に報《むく》いるためなどでなく、「己に帰ってきてほしい者などいない」ということをはっきり判らせ、諦めさせるためだった。

——でも、本当にそうだろうか。己は、自分が救われることはもう諦めていながら、あの町方の旦那の言葉に絆《ほだ》されて、ほんのわずかな光明《こうみょう》を求めるような気持ちを持とうとしてはいなかったか。それを打ち消すための、我が身を晒す

『御伽噺』ではなかったか。

自身のそんな想いに気づかぬふりをし蓋《ふた》をしていたと思い至ったのは、裄沢様というあの旦那が本日二度目の顔出しをして去っていった、つい今《いま》し方《がた》のことだった。

――今さら叶いもしない思いを抱え直してどうする。

そう、己を叱りつける声がする。

――いいじゃない。叶わないなんて判ってるんだから、それがはっきりするまで夢を見たって、誰に迷惑掛けることでもなし。

歳を重ねて客を取れなくなった女郎の行く末は、これまで苦労を重ねる間にいくつも見てきた。やがては自分も辿る途《みち》――誰に言われずとも、そんなことは十分承知していた。

――たとえ責め問いに掛けられた後、島に流されるようなことになったとしても、あの旅籠で女郎を続けたその先のことを思えば、そう大して変わりはしない。

そんなふうに自分の心と折り合いがついたら、京へ文を送って突き放される現実に直面したところで、大したことはないという気持ちになっている己がいた。

「琴さん、ちょっといいかい」

心配そうな顔をして姿を現したのはこの家の主、ここの門前町の表通りに並ぶ何軒かの貸し見世の家主を任されている男だった。

「ああ、主どの。何か？」

「いえ、裄沢様が帰られたので、様子はどうだったかと」

「お役人さんと聞いて、わけもなく怖れていたんですけど、主どののご親戚を含めて世の中にはご立派な方もいるもんですねぇ」

家の主は、複雑そうな顔をして「はぁ」と生返事をする。よく素性の判らない女——しかも、裄沢というあの町方と二人の様子を見れば、ただの仲ではなさそうな——を連れてくるような男のどこが立派なのかと思ったからだ。

しかしながら、琴の表情を見ると皮肉や冗談で言っているとも思えない。

そんなふうに家の主が戸惑っていると、琴がポツリと言った。

「手紙を書こうと思います。主どのやご親戚の代官所の手代どのにはお手間をお掛けすることになるかもしれませんが」

「え？」

ここに来てからいっさいやったことのない、手紙を出そうと言い出したことにも驚いたが、琴をここで世話することになる因となった親戚の代官所手代や自分に「手間を掛けることになる」となれば、どういう相手に出す手紙かは想像がつく。

慌《あわ》てて姿勢を正し、返答した。

「いえ、手間などと。手抜かりなく勤めさせていただきますので」

相手が、自分たちの疑っていたとおりの身分だと確信できたため、自ずと口調まで改まっていた。

二人で昼を済ませた後、日本橋でお縫と別れた裄沢は、その足で己の勤める町奉行所へと向かうことにした。朝の商売を休ませてしまったお縫は、夕刻には見世を開くためにそのまま南品川猟師町へと帰っていった。

前日の朝から「翌朝の商売は休む」と来た客に口頭で伝え、表通り側の戸口に貼紙《はりがみ》もしていたので、客から苦情が来ることはないそうだ。これから支度をして夕刻の商売に間に合うのかと懸念《けねん》したが、「朝を休んだ分、夕刻の支度に回した」と言われて納得した。

琴と二人だけで何を話したのか、裄沢は問うことをしなかった。訊けば明かしてくれるだろうが、そんなことをしなくともその気があれば当人から告げてくるはずだ。

何を語ったにせよ、裄沢は案じていない。もしお縫が口にしたことから咎めを受ける仕儀に至るのであれば、お縫と二人、お白洲《しらす》に並んで裁きを受ければよい。

ただ、それだけのことだった。

北町奉行所に着いた裄沢は、また御用部屋へ足を運び内与力の唐家を訪ねた。

「本日また浅草新寺町門前の家主のところへ参り、琴と話をしてきました」

「そうか。で、何か取っ掛かりぐらいはできそうか」

唐家も、こたび裄沢に任せた件の難しさは十分承知している。過分な負担にならぬよう気配りをしつつ問い掛けた。

「やれることは、本日全てやって参りました」

「！　――そうか……で、どのようになった」

「申し訳ありませぬが、後は琴どののお考え次第。これ以上それがしが煩わせたとていい結果は生まぬでしょうから、手を出すのはこれまでとさせていただきとうございます」

「もはやそなたにできることはないと？」

「はい――僭越《せんえつ》を承知で言上《ごんじょう》させていただくなら、しばらくは何もせずに結果が出るのをお待ちいただけぬかと。

　よいほうに向かうとは言い切れませず、どうなるかは五分五分のように思いまするが、すぐに別の手立てを講じるのは却《かえ》って琴どのの思いを乱す因になるやもしれませんので。無論のこと、これだけのことを申し上げながら何ら功《こう》を奏《そう》さなかったときには、譴責《けんせき》される覚悟はできております」

　無理難題を押しつけたという意識があるため、たとえ裄沢の努力が実を結ばなくとも責めを負わせるつもりはないし、それはお奉行《とのの》も同じであろう。が、そんなこと言ってやっても気休めとしか受け取るまいし、当人の責任感を紛らわす役にも立つまい。

「そうか……殿にはさように伝えておこう」

　唐家は、裄沢に対し慰労の言葉を述べただけでその場から解放した。

　翌日の夕刻に己の勤め先から使いが差し向けられたのを受けて、さらに次の日の早朝、裄沢はまた北町奉行所へ出仕した。奉行所へ到着した途端、裄沢は登城前の奉行《小田切》の前へ伴われた。

「よく来た。朝から済まぬの」

「いえ、これまで直のご報告をせずに済ませたことをお詫《わ》び申し上げます」

「それはよい。そなたにはいろいろと無理をさせたようだ。

で、本日呼んだは、そなたに知らせておきたいことがあったからでの」

「もう、何か動きがございましたか」

もし琴に関することでこれだけ早く動きがあったのならば、前向きに考える気になってくれたのではないかと期待が高まる。が、お奉行の表情はどこか複雑なようだ。

「ウム——よい知らせと、悪い知らせがある」

「よい知らせと悪い知らせ……」

裄沢の怪訝《けげん》そうな表情に構わず、奉行の小田切は先を続けた。

「まずは悪い知らせからいこうかの——調べを命じた代官所の動きの鈍《にぶ》さに業《ごう》を煮やした勘定奉行の石川殿が、琴なる品川の元旅籠抱えの女を小伝馬町の牢屋敷へ送るよう正式に命を発した。そうなってしまえばもはや代官所としては打つ手がなく、遅くとも今日《きょう》、明日《あす》中には、琴は牢に入ることとなろう」

「……さようにございますか」

「次によい知らせじゃが、琴は世話になっておる浅草新寺町門前の家主・伍平に、自分が日野資枝卿の娘であると明言し、父宛に認《したた》めた文を託《たく》したそうな。どうやら代官所の調べでのやり取りで、京のほうにも動きがあったようでな。琴の文で娘本人と判明すれば、何らかの反応が示されるであろう」

「それを申し上げても、石川様は発した命を撤回はなされませぬか」

「それで退《ひ》き下がるくらいなれば、最初から代官所の判断に任せておろう。なにせまだ琴が前言を翻《ひるがえ》したというだけで、日野卿の側が何かを言ってきたわけでもないのだからの」

「……先日伺ったとおり、日野卿が探し続けてきたというのが真であればよろしいのですが」

「ほんにの――ところで裄沢。今申したように琴は小伝馬町の牢屋敷へ入るゆえ、北町奉行所と《こ》《と》は指呼《しこ》の間《かん》に至ることとなるが、構えて近づくようなことはするなよ。

　勘定奉行が命じて琴を小伝馬町へ入牢《じゅろう》させたとて、そこでの詮議を代官所から取り上げて直接勘定所の者にやらせるわけにはいくまい。なれば手心は加えられると思うが、そこにそなたが顔を出したことが石川殿の耳に入れば、どのような勘《かん》ぐりをされるか判らぬからの」

「用心に越したことはないということですな。判りましてございます――昨日訪ねたときに、すでに別れの挨拶《あいさつ》は済ませておりますので」

「そうか――よいほうに転がってくれればよいが……」

小田切は、何かを求めているような目を宙に向けた。

※

品川で一度縄を掛けられた後、浅草の家主・伍平に預けられながら再び捕らえられて小伝馬町の牢屋敷へ送られるという珍しい推移を辿ったことで、品川の元旅籠抱えの女・琴は注目を集めた。その後、いつの間にか牢からいなくなったために、秘かに京へと送られたのではないかとの噂が流れる。

これは、旅籠で飯盛女をしていた際、琴が親しい客に「自分は京の公家である日野資枝の娘だ」と明かしたことがあったのが原因であった。琴が実際にどうなったのかは定かではないが、この一件に携《たずさ》わった勘定奉行の石川忠房がほどなくして西丸留守居役《にしのまるるすいやく》へと転ぜられたため、琴の一件の処理を誤ったのを咎められて左遷《させん》されたのではないかという風評が立てられた。

　江戸城本丸の留守居役は将軍不在の折の城の最高責任者であり、西丸留守居役は西丸に住まう将軍家嗣子《しし》不在の際の最高責任者という任を負うている。しかしながらこの時代、将軍の外出はせいぜいが菩提寺《ぼだいじ》への墓参りか鷹狩《たかが》り程度でいずれも日帰りであり、当時から将軍家斉の跡継ぎ候補最右翼であった子息の敏次郎《としじろう》（後の十二代将軍家慶《いえよし》）はこのときまだ九歳で大奥住まいだったことから、西丸は実質、空き家の管理以外の責任者は不要な状況にあった。

　このように、江戸城の留守居役は高位旗本が出世街道からはずされて就く閑職《かんしょく》と見なされていたのだが、その一方で「勘定奉行から江戸城留守居役」というのは「頂点近くまで登りつめた後に引退《上がり》を迎えんとする」旗本が辿る本道でもあった。

　転任の理由としてどちらが正しいのか判断はつけづらいのだが、石川はその後小普請組支配《こぶしんぐみしはい》（小普請組は無役《むやく》の者を集めた組織だが、小普請組支配はそうした者らを取《と》り纏《まと》める「役職」）を経てまた勘定奉行に復帰しているから、「隠居前の既定路線として留守居役に任じられた」というよりは、「対外的な配慮が必要だったため、いったんほとぼりを冷ます意味で閑職へ異動させた」と見たほうがよいのかもしれない。

なお琴という宿場女郎の一件があった年の初冬、日野資枝は死去している。琴が本当に日野卿の実子で、京に帰ることができたのだとしても、父親の死に目に会えたかどうかについての風聞は江戸まで流れてはこなかった。

※

お縫と二人で訪ねた後、裄沢は生涯二度と琴と会うことはなかったのだが、琴が獄中で詠《よ》んだとされる歌があることは風の噂に聞いた。

もろこしの友も此世《このよ》に跡たれて都の雲をふじの高根に

幼いころとはいえ、誹諧《はいかい》好きの祖父を呆れ返らせたほどそちらの方面についての資質に乏《とぼ》しい裄沢であるから、この歌がどれほどのものなのかは計りかねたし、第一、本当に当人の手になるものなのか、あるいは噂に真実味を持たせるために誰かが託《かこつ》けただけの偽作《ぎさく》なのかも不明なままであった。

第二話　凶手《きょうしゅ》

一

南町奉行所・定町廻り同心の内藤小弥太《ないとうこやた》は、本日の市中巡回を終えて町奉行所《ごばんしょ》へ戻る途中であった。

すでに夕刻で、だいぶ陽《ひ》は傾いている。奉行所の若同心詰所《わかどうしんつめしょ》では、おそらく本日出仕の定町廻りや臨時廻りたちが内藤の到着を待つことなく、夕刻の打ち合わせを始めているころだろう。なお、若同心詰所は南町奉行所における外役同心たちの集合場所兼待機場所であり、同じ部屋を北町奉行所では単に同心詰所と呼んでいる。

内藤の戻りが遅れた理由は、見回り中に何か手を取られるような出来事が起こったからではない。そうした場合は供に就いている小者やところの御用聞きを自《じ》身番《しんばん》に走らせ、そこから使いを出させて奉行所で待機する臨時廻りに応援を頼むのだが、そうした使いが来ていないことから詰所に集まった面々も内藤が遅れていることについてあまり心配はしていないはずだった。

ではなぜ内藤は夕刻の打ち合わせに遅れているのか。答えは単純で、見回りにときが掛かったからである。

見回り中、特に手の掛かるようなことが起こっていないにもかかわらず、どうしてそんなにときが掛かったのか？　あんまり認めたくはないが、内藤自身心に屈託《くったく》を抱え、いつもほどには足が進まなかったせいだった。

――こんなこっちゃいけねえ。

そうは思うが、思ったからといって身体が普段どおり動いてくれるわけではない。「こう動かねばならぬ」と義務として思うことよりも、心の底で黒々と蜷局《とぐろ》を巻いている蟠《わだかま》りのほうが自分の行動に影響を与えているのであった。

自分は南町の中で、同心であれば皆が憧《あこが》れる廻り方をすでに何年も勤めている男だ。であるからには、少なくとも役儀において、他者から指弾《しだん》されるような振る舞いをしてはならないと、ずっと己に言い聞かせてこのお役を勤めてきた。

にもかかわらずの、この体《てい》たらくだ。己自身への落胆《らくたん》と、それ以上に己をこのような状況へと貶《おとし》めた元凶への憤怒《ふんぬ》が心の中で燻《くすぶ》り続けていた。
——裄沢広二郎。

元凶の名だ。その名前と生意気な面《つら》つきが思い浮かんだだけで、叫び出したくなるほどの怒りが湧《わ》き上がる。

裄沢という後進《こぞう》は、あろうことか筋違いの上席者である南町のお奉行へ直《じか》に上申書を突きつけるようなマネをしたのだ。そりゃあ、南町の吟味方与力がとんでもないお裁きを下したという不始末はあったにせよ、部外者《身内以外の》が僭越《せんえつ》な振る舞いに及んでよいとまで言うことはできまい。

誤ったお裁きを下した与力は咎《とが》められ、そのお裁き自体もやり直すことが決まったが、一方で騒ぎを引き起こした裄沢が碌《ろく》な処分も受けぬままでいるらしいことにはどうにも納得がいかなかった。

だから内藤は、心ある者を募《つの》って上に働き掛けようと動いたのだが、周囲が腰抜けどもばかりだったために上手くいかなかった。向かっ腹が立つのを鎮《しず》めんと受け持ちの重なる北の新米定町廻りに少々底意地の悪いもの言いをしたところが、なんと裄沢本人が目の前に現れて嚙みついてきたのだ。

内藤はそこで言い負かされたばかりでなく、南町奉行所《みなみのごばんしょ》に戻ってみれば、内与力の灰田《はいだ》からこちらの振る舞いを厳しく咎められてしまった。

「中途半端な腰の引け方だ」

そう吐き捨てられたことを思い出すと、今でも腸《はらわた》が煮えくり返る。内与力の灰田には、胆力《たんりょく》、思慮《しりょ》深《ぶか》さ、周囲からの信頼のいずれの点においても裄沢に大きく劣るとまで言われてしまった。

意識がそっちのほうへ向かないように考えるのを避けているが、心の底で内藤は、何よりもそうした非難にいっさい抗弁《こうべん》できなかった己の有りように落胆していたのである。

そうして、鬱々《うつうつ》と考えながら市中巡回を続けた結果、本日の仕事終わりがこのような刻限になってしまったのだ。こんなふうに捗《はかど》らなかったなら見切りをつけて途中で切り上げ、残りは明日に回すべきだったのだが、そんなことも思い浮かばぬようなザマだ。

いつもよりずっと遅い刻限になってしまったこともあり、供としてつけていた御用聞きは帰途《きと》に就く前に帰して、独り奉行所への帰り道を歩んでいる。まあ、己が持ち場とするのは城南《じょうなん》でも西寄りのほうを中心とした赤坂《あかさか》や青山《あおやま》といった方面だから、その辺りに縄張りを持つ御用聞きを御番所まで付き合わせると帰りが完全な夜道になりかねないため、途中で帰してやるのは日ごろから行っていることなのだが。

外濠《そとぼり》沿いに歩いて道が御用屋敷《ごようやしき》の角に至ったところで、内藤は虎御門《とらのごもん》の橋を渡って外桜田《そとさくらだ》へ入った。武家地は外濠を渡る前から続いているが、ここまで踏み入ると周りは譜代《ふだい》大名の上屋敷ばかりになる。

数寄屋橋御門《すきやばしごもん》内にある南町奉行所へ行くのに外桜田へ入ると、ずっと外濠の外周に沿って歩くよりいくらか近道になるのだが、堅っ苦しい場所は好みではないのでいつもなら避けているところだ。加えて、外濠の外周沿いに歩けばほどなく町人地に突き当たり、「自分の担当する土地ではないとはいえ、もし何かあれば対応できるだろう」という、心構えみたいなものがあっての道程《みちのり》ではあるのだけれども。

——打ち合わせにゃあ少々遅れたけど、近道もしたってこって赦《ゆる》してもらおうかい。

内藤が自分にそう言い訳したのは、実は決まりの打ち合わせに遅れたことへの後ろめたさからではない。当人がきちんと認識しているかはともかく、自分の誘いに乗ってくれなかったばかりか、北町の同役からの働き掛けに応じて己へ釘《くぎ》を刺すように内与力へ願った面々と、毎日顔を合わせるのに苦痛を感じていたからだった。

なにしろ今の内藤は、同輩連中からどこかしら間を置かれ、世間話をしようにもぎこちないやり取りになってしまうような日々を送っている。というか、そうした思いは日を追うごとにますます強まってきていた。自意識過剰《かんがえすぎ》かもしれないが、廻り方以外の者らも遠くからこちらを観察しているような気配を感じるし、内与力からの評価が今後も廻り方を続けられるか怪しくなってきているという自覚もあって、御番所の中にいる間中、まるで針《はり》の筵《むしろ》に座らされているような心地なのだ。

公方様に親《ちか》しい大名家《おいえ》の江戸での本宅《かみやしき》ばかりが並ぶ武家地は、まもなく夜の帳《とばり》が下りる刻限ゆえに人通りは少なく、雲が厚く垂れ込めていることも加わって、黄昏《たそがれ》どきの名のとおり行き違う者の人相の判別も難しいような陽の翳《かげ》りようである。

内藤は、我知らず溜息《ためいき》をついた。足を踏み出しながら、顔は宙のあらぬほうへと向けられている。

——こんなんなっちまって、いったいこれから、おいらぁどうすりゃあ……。

そう考えている途中で、突然の衝撃とともに内藤の意識はぷっつりと途絶えた。

裄沢が、同輩である廻り方の面々の夕刻の打ち合わせに顔を出す気になったのは、品川の宿場女郎の一件より手を引くことをお奉行に認められてから数日後のことだった。

隠密廻りである己は密命を受けて探索に従事する際、そうした動静を同輩にも気取《けど》られることなどあってはならないため、毎日打ち合わせに顔を出すような決まった行動は取らないように気をつけている。

本日ここへやってきたのは、廻り方が知る市中の動向を全く耳に入れておかないのも問題であろうということで、偶々《たまたま》気が向いたのが今日だったというだけの話だ。

「お疲れ様です」

さて打ち合わせを始めようかというところへ遅れてやってきた裄沢に、皆の目が集まった。

数日続けて顔を出したと思ったら、しばらく姿を現さないという隠密廻りの行動には慣れているから、誰も奇異の目を向けてきたりはしない。が、いつもとは少し皆の表情が違うような気がした。

「おう、裄沢か。お前さんもお疲れさん——そのうちにお前さんの家《とこ》にでも訪《たん》ねてこうかと思ってたから、ちょうどいいや」

臨時廻りの室町左源太《むろまちさげんた》が挨拶を返してくるとともに言い掛けてきた。室町は、定町廻りで裄沢の幼馴染《おさななじ》みでもある来合轟次郎《らいごうごうじろう》とよく組む男であり、裄沢がほんの一時期来合の代わりに定町廻りを勤めた際に世話になった先達《せんだつ》でもあった。

「？——何かありましたか」

「いやまあ、おいらたちに直接関わることじゃねえから、特に気にすることたぁねえのかもしれねえけど、そいでもいちおう、お前さんにゃあ告げといたほうがいいかと思ってよ」

言いづらそうにしながら、自分から言い出したことだからと先を続けた。

「南町の内藤さんのことなんだが、どうやら市中巡回の折に襲われたらしくてな」

自分とは気の合わぬ相手で、つい先日言い合いになったばかりであるが、それでも町方が見回りの最中に何者かに襲われたとなれば気にせずにはおれない。

「襲われた――市中巡回の途中ででですか？　なら、供の者は？　ならず者の集団にでも襲われたのでしょうか」

「いや、見回りを終えて南町奉行所《みなみのごばんしょ》へ帰る途中だったそうでな。もう持ち場を離れた後だったんで、供につけてた御用聞きは帰《けえ》しちまって、内藤さん独りだったそうだ」

「それで、襲った者は」

これには、同じ臨時廻りの筧大悟《かけいだいご》が答えてくれる。

「どうやら後ろからガツンとやられたらしくてな、ご当人が気がついたなぁ御番所に運ばれてからで、何にも見ちゃいねえとよ」

「襲われるところを見た者は」

「それが、刻限は日暮れ間近、場所が外桜田となりゃあ、人通りは期待できねえ。加えてちょうど四つ辻が少し鉤《かぎ》の手《て》にズレてるとこだったんで、表門の門番や辻番所《つじばんしょ》（町人地の自身番屋に対して、武家地で大名家や旗本らが設置する番所）なんかからも見えづれえ場所だったらしくてな」

「しかし、場所が外桜田ですか。確かに、城南のほうから数寄屋橋へ行くには近道になるのでしょうが……」

その日の仕事を終えて町奉行所《つとめさき》へ戻る途中とはいえ、町方がほんの少しの近道のためにあえて町人地を通らず武家屋敷ばかりの道を選択したことに、多少の違和を覚えた。

「何だか知らねえけど、その日供をした御用聞きによりゃあ、ここ最近はずいぶんと見回りにときが掛かるようんなってたみてえでな。足かどっか痛めてたのかねえ――そいつはともかく、そんなこって夕刻の打ち合わせにも間に合わねえぐれえ遅くなったから、近道でもしようとしたんじゃねえか」

筧は、内藤と同じ城南地区を北町の定町廻りとして受け持つ立花《たちばな》庄《しょう》五郎《ごろう》とよく組む男で、立花が非番のときには代わりに市中巡回を行うこともあって、そのあたりの事情には詳しいのだろう。話の仕入れ先はもしかすると、見回りの際に顔を合わせることもあろう、内藤とよく組む南町の臨時廻りなのかもしれない。

二

「それで、内藤さんは無事だったのですか」

いかに普段付き合いのない相手で所属《つとめ》先も違うとはいえ、同じ廻り方の負傷への質問がここまで後回しになったことについて、よい印象を持っていないからじゃないかと指摘されたとしても、裄沢はいっさい否定はできなかったろう。

「ああ、肩――てえか首元近くを負傷して、二《に》、三日《さんち》は家で静養を要するってことらしいけど、骨が折れてたワケでもねえからそんなに大《てえ》した怪我じゃなかったようだな」

「それは、不幸中の幸いでした」

さすがに不意に襲われたことを喜ぶ気にはならない。同じく背後から不意に襲われたことのある身として、大事にならずに済んだことは、まぁご同慶《どうけい》の至りであろう。

が、害したほうへと考えを転じてみると、町方を襲うという思い切った暴挙に出ながらその程度の怪我を負わせただけで放置して逃げたというのは、いったいどういうことかと疑問が生じた。

もともとが少々痛い目に遭わせればそれで気が済むということだったのか、あるいは力足らずでその程度で終わってしまい、自分のやったことが怖くなったか人が近づく気配がしたかで、そのまま逃げ出したということなのであろうか。

まあ内藤が、身体のほうまでその性格を体現したかのような「お堅い」人物だったというだけのことかもしれない——と、心の中で呟《つぶや》いてしまうぐらいには、裄沢もずいぶんとよい性格をしている。

「気がついたのは南の御番所に運ばれてから、ということでしたよね」

「ああ、暗くなるちょっと前《めえ》の武家地で人通りは少ねえたぁいえ、江戸城《おしろ》の近くでだぁれも通らねえってワケじゃあねえ。内藤さんとは反対の方角から近道しようとした勤番《きんばん》（参勤《さんきん》に随伴《ずいはん》して江戸へ出府《しゅっぷ》してきた大名家家臣）が見っけたそうだが、おそらく《おそらか》は襲われてからそう経たねえうちのこったろうさ」

外桜田に入ったのが虎御門からか新シ橋《あたらばし》からだったのかは知らないが、いずれにせよその近辺の外濠外周側もほとんどが大名家上屋敷の並ぶ武家地である。上野、浅草、神田《かんだ》、あるいは日本橋などで江戸見物や買い物をした勤番が、陽が暮れる前に藩邸へ戻ってくるところだったのであろう。

見回り帰りの内藤は当然町方装束《まちかたしょうぞく》だったはずだから、倒れているところを見つけてそのままにしておくはずはないし、さすがにこの初夏出府してきたばかりの勤番であっても、どこへ知らせればよいかで当惑することはない。

すぐに見つかり、近くの大名屋敷で手当てを受けたり医者の診察を受けたりはしたかもしれないが、ほどなく南町奉行所へと運ばれたということだと思われた。

「襲われるところを見た者は見つかっていないということですが、あの辺りの通りであればいずれもどこかの大名家の表門に面しているはずですし、辻番所も少なくない数があったかと。そのいずれでも、怪しい人物を見掛けたりはしていないのですか」

「大名屋敷の表門ったって、いつでも道のほうを見て門番が突っ立ってるってワケじゃあねえからな。しかももう陽が暮れそうだって刻限ならなおさらだ。

辻番所にしたって、このごらぁどんな者を置いてるかはお前さんも知ってのとおりさ。まあ、あの辺りの大名家はそいでもずいぶんとマシなほうだろうけどな」

殺伐《さつばつ》とした戦国の遺風《いふう》が色濃く残った江戸時代の最初のころには、辻斬《つじぎ》りや斬り盗り《強盗殺人》強盗が横行するなど、江戸城のお膝元でもずいぶんと風紀（治安）が悪かった。そこで幕府が各大名家に命じて藩邸外の塀際《へいぎわ》に番所を設置させたのが、辻番所の始まりである。

しかし時代が下り大名家をはじめとする武家も窮乏《きゅうぼう》が隠せなくなってくると、経費節減のためそこへ置く番人を藩士ではなく町人に委託《いたく》するようになっていった。安く済ますために雇う町人であるから、その質には問題があることが多く、博打《ばくち》打ちの溜まり場になった辻番所もあれば曖昧宿《あいまいやど》（私娼を置く女郎屋）代わりに利用されていたところさえあったという。

そのような場で番人をする者が、どれほど真面目に仕事をしていたかは推《お》して知るべし、といったところであろう。

「南町じゃあまだ、襲われるとこを見た者がいねえか尋ね歩いてる途中だろうけどよ」

筧はそう付け加えて口を閉じた。裄沢は頷いた後、最初から気になっていたことを持ち出した。

「なるほど、内藤さんのことは伺いました――それで、わざわざ俺の家を訪ねてまでそのことを教えてくださろうとしたのに、何か特別な理由があったのですか」

室町が「訪ねようとしていた」と言いながら、どこか言いづらそうにしていたときから引っ掛かっていたことだ。

「それがな……内藤さんが言い出したのか、それとも周りの誰かの思いつきだか知らねえけど、誰がやったか疑わしい人物を挙げてく中に、どうやらお前さんの名も混じっちまってるようでな」

「なるほど。まあ、誰がやったか判らぬ状況においては、わずかでも疑わしいと思われる者を漏れなく列挙してみるのが常套手段《じょうとうしゅだん》でしょうから、それはごく当たり前の進め方でしょう」

裄沢の反応は、ずいぶんと冷静なものだった。意外な話の成り行きであろうに驚いた顔一つ見せぬのは、それだけ理性的に物事を考えられるという裄沢の性格を表していよう。わずかに案ずる目で裄沢の様子を見ていた皆も、詰めた息をそっと吐き出せるような心地になった。

と、いくらか緩《ゆる》んだ場の気配に逆らうような尖《とが》った声が上がる。定町廻りで裄沢の幼馴染みの来合だった。

「で、広二郎。これからどうすべきか、お前《めえ》はどう思ってんだ」

内藤が反感を抱くに至った裄沢の行為は確かに穏やかならざる手立てであったとはいえ、それ以外に取り得る方策はなく、かつ一刻も早くそうせねばならぬ状況が引き起こされていた。それを南町の上層部も認めているし、裄沢の行動により実際めざましい改善がなされたこともはっきりしている。

さらには、これに得心しない内藤の振る舞いの不当さは、裄沢により論破された上に自身の上役からも叱責《しっせき》を受けたことで確定したはずだった。内藤のほうが一方的にやり込められたというのが実態である以上、裄沢に内藤を害する理由は一つもないのだ。

──であるのに、なぜ裄沢に疑いが掛かるのか。

裄沢の代わりに来合が憤《いきどお》っている、ということから出たのが今の言いようなのである。

裄沢は、静かな目で来合を見返した。

「どうするもこうするも、探るのは当然南町となる。実際、今は向こうが月番《つきばん》(南北の町奉行所が新規案件を一カ月交替で担当する、その担当月)だし、そうでなくとも自分たちの仲間が襲われたんだ、向こうとしては躍起《やっき》になって当然だしな。

ならこちらは、向こうから協力を求められでもしない限りは、その推移を黙って見守っていればいい」

「!　お前《めえ》、それで──」

自分が筋の通らぬ言い掛かりをつけようとしていることは、来合も判っている。けれど、こんな理不尽《りふじん》な疑いを掛けられていると知っても平静なままの男を見たことでさらに募《つの》ってきた、どうにも収まらぬ怒りのぶつけどころが他にはなかったのだ。

しかし、それを途中で筧が遮った。

「まあまあ、裄沢さんの言うこたぁもっともだ。仲間が疑われてるからって、こっちが表立って動いてみな。それこそ南町と、要らぬ衝突を引き起こすことになりかねねえだろう」

止めに入ったのが先達の筧となれば、来合も口を閉じざるを得ない。それでもその目は、怒りが籠もったまま裄沢に向けられていた。

「で、広二郎。お前自身はどうするつもりなんだ」

先ほどよりは低い声で、来合は繰り返す。

その目を真っ直ぐ見返して、裄沢は淡々と答えた。

「轟次郎の訊いてるのが内藤さんが襲われた件についてだったら、俺自身としてもいっさい手を出すつもりはない」

「!?」

「さっきも言ったが、これは南町が受け持つべき案件だ。そして筧さんのお言葉どおり、俺に限らず下手に北町が手を出せば、却《かえ》って探索に混乱を来《きた》してしまう懼《おそ》れがある。

俺は俺の仕事をしながら、内藤さんの一件が片づくのをただ待っていようさ」

来合は口を閉ざしたまま裄沢を睨みつける。その裄沢は、相手から視線をはずして周囲の皆を見渡した。

「俺のせいで余計なときを取らせてしまって済みません。さあ、雑談はこのぐらいにして、今日の夕刻の打ち合わせを始めましょう」

「南町もようやく落ち着いてきて、『さぁ今度こそ中の統制にきちんと取り掛かろう』ってときにこんなことが起こるたぁ、どうにもついてねえよな」

誰かが何の気なしに口にした感想が、なぜか裄沢の耳に残った。

裄沢に促されてからわずかに反応が遅れたものの、室町の音頭で本来なすべき各員からの報告や伝達事項のお披露目《ひろめ》が始まった。普段と違ってだいぶぎこちない進行具合だったが、それもしばらくすればいつもどおりに修正されていく。

裄沢はそうした有りようを、皆の端《はし》にいながら黙って聞いていた。

そして夕刻の打ち合わせが終われば解散である。いつもならばそのまま帰途に就く者、示し合わせて飲みに行く者と分かれるのだが、今日ばかりは何とはなしに皆がそのまま残っている。

そんな中、「自分がこの場に残ったままでは、またややこしい話が出かねない」とでも思ったのか、裄沢だけはひと言別れの挨拶を残してさっさといなくなってしまった。

詰所に残った面々が顔を見合わせる。

「裄沢さん、行っちまったな」

「ああ。平気な顔してたけど、内心はどうだか」

「でもあの人のこったから、こたびのことだってどこまでも理詰めで、自分で口にしたそのまんま、っていうようにしか見ちゃいねえかもしれねえなぁ」

「……で、俺たちゃあどうする？」

「どうするったって……裄沢さんの言ったとおりだろ？　下手に手ぇ出しゃあ、それこそ向こうさんの縄張り土足で踏み荒らしたことになっちまう」

「けどそいつぁ、『確かだと思える証もねえまま、こっちに疑い向けるようなこたぁしねえ』って、お互いに暗黙の了解ってヤツを守った上でのこったろ」

「今の向こうさんにそいつを言ったところで、聞いてもらえるか怪しいけどな」

「まぁ、向こうさんの中で他にも頭に血ぃ昇らしてた野郎がいたら、こたびの内藤さんの一件でぶり返してるだろうな」

やり取りを聞いていた室町が、皆に向かってポンと一つ手を打ってから口を開いた。

「疑わしい者の名を挙げた中に裄沢さんも混じってたってなぁ、向こうさんの内々の検討の中で出た話で、表立って皆がそう決めつけてるってことじゃあねえだろう。なら、そいつを言い分に向こうさんを咎め立てたり、あるいはこっちはこっちで勝手に動いちまうってワケにもいくめえ？　そんなことしたら、それこそこっちから喧嘩《けんか》吹っ掛けるようなモンだからな」

皆を宥《なだ》めんとする室町の理屈には反論できぬものの、やはり全員がどこか得心のいかぬ思いでいるようだ。そこで、室町は続けた。

「まあ、今できるなぁ、それぞれが向こうの廻り方ん中で親しい者から話ぃ聞いて、ナンかあったらすぐに対応できるように、どうなってんのかしっかり把握《はあく》しとくってぐれえだろう」

室町の意見を筧が肯《うべな》った。

「そのとおりだな。今は、目ぇ皿のようにし耳の穴ぁかっ穿《ぽじ》って、わずかなこっても見逃し聞き逃ししねえように、できるだけ向こうさんから得られた話に気ぃ配っとくこった——くれぐれも下手な動きなんぞするんじゃねえぞ。余計なことぉすりゃあ、却《けえ》って仲間の足ぃ引っ張るような始末になりかねねえんだからよ」

箕は釘を刺しながら皆を見渡したが、その視線が一番長く留まっていたのが自分のところであることには、さすがの来合も気づいていた。

三

その日は珍しく誰も仲間を飲みに誘うことなく、ほとんどの者がそのまま帰ることにしたようだった。二、三人連れ立って家路へと向かい、あるいは独り酒で考えごとをするために皆とは離れて、三々五々詰所から出ていく。

定町廻りの藤井喜之介《ふじいきのすけ》は、気持ちは乗らないながらもまっすぐ帰る気にもならず、皆とは呉服橋《ごふくばし》を渡ったところで独り別れて南へと下る。すぐに左へ折れて樽《たる》新道《しんみち》へ足を進め、そのまま真っ直ぐ通町二丁目の大通りを越えて式部小路《しきぶこうじ》に入った。

日ごろやっている動作がろくに考えることもなく自然と己の身体を動かす。

この夜藤井が暖簾を潜《くぐ》ったのは、当人行きつけの飲み屋の一つだった。皆で騒いで陽気に飲むのが藤井の好みなのだが、夕刻の打ち合わせ解散前の同輩連中の顔を見ても誘えそうになかったし、珍しく静かに飲みたい気分にもなっていた。

　そこで一人で見世へ入り、顔馴染みの常連も見掛けたものの声は掛けずに、つましい肴《さかな》を二品ほど頼んで手酌《てじゃく》で飲《や》った。いつもより余分に飲んだくらいかもしれなかったが、どうにも酔うことができなかった。

　藤井は、来合や室町などと較《くら》べれば、裄沢とさほど親しい間柄とはいえない。いろいろと探索を手助けしてもらったりして恩義を感じているがそこはお互い様で、どれだけ役に立ったかはともかく、藤井も必要なときには手間を惜しまず裄沢のために動いている。

　裄沢が怪我をした来合の代わりとしてほんのいっとき定町廻りを勤めた際、最初は周囲から入ってくる評判を聞いて、「屁理屈《へりくつ》ばかりの嫌な野郎がやってきやがった」と警戒した。が、実際に当人と間近に接し観察してみると、聞いた話とはずいぶん違う人物だと思うようになった。

　これまで裄沢が煙たがられてきたのは、「上に媚《こ》び諂《へつら》う」とか「仲間内でなあなあで済ませる」といったことにいっさい重きを置かず、どこまでも筋を通そうとするからだと知った。とはいえ、筋の通らぬ理不尽なことでさえなければ、個人的には関わろうとはせずともそういった有りようを看過《かんか》できる柔軟性は持っているから、こちらがきちんとしている限り付き合いづらいということもなかった。

ただ、その裄沢のそばにどこまで踏み込めるかというと、どうにも最後のところで一歩躊躇《ためら》うものを覚えることもまた事実だった。藤井から見て裄沢の有りようは決して非難されるべきものではない一方、あそこまで肝《きも》が据わった堂々とした態度を取られてしまうと、正直見ているだけで怖《お》じ気《け》づいてしまう自分がいるのだ。

表面には出していないし、嫌悪や忌避感《きひかん》を抱いているわけでもなく、他の面々と同じように相対《あいたい》しているつもりだから、老練《ろうれん》な室町や筧あたりには気づかれているかも知れないけれど、おそらく裄沢当人にこうした心の内を知られてはいないだろう。

裄沢という男は藤井にとってそんな相手ではあるが、南町の内藤が誰かに襲われたということたびの一件についての南町《向こう》の反応には、自分でも意外なほどに憤《いきどお》りを覚えていた。いや、「こたびも」と言ったほうがよいだろうか。

——何であの人にだけ、こんなに次々と理不尽が襲い掛かってくんだ⁉

そりゃあ、どこまでも妥協せずに筋を通そうと突き詰めてくようなお人だから、相手からの反発はどうしたって大きくなろうさ。けど、それだけじゃきかねえほど、あっちからもこっちからも、無理を通して道理を引っ込ませようって困難が積み重なってきてねえか？

それが裄沢という男の定めだと言われれば、そうなのかもしれない。けれど、神か仏か知らねえけども、そんな定めを負わせた者がいるなら、当人の代わりに張っ倒してやりたい気分だった。

――ああ、いけねえ。ちょいと酔っちまったかもしれねえなぁ。

いろいろと考えているうち、知らぬ間にぐいぐいと飲《や》っちまったようで、急に酔いが回ってきたのを自覚した。

今宵《こよい》は御番所の勤め帰り、町方装束のままだ。こんな身形《なり》で醜態《しゅうたい》を曝《さら》すわけにはいかないという自制は、さすがに廻り方なれば酔っていてもきちんと働く。

亭主《おやじ》に勘定を言い付け、少し余分に払って飲み屋を出た。

――ふぅ、いい気分だね。

飲んでいたときに感じていた憂《う》さを忘れて、足を踏み出す。

水無月《みなづき》（陰暦六月）も終わりとなれば、もう立秋《りっしゅう》を過ぎている。一年で一番暑い気もする、残暑《ざんしょ》の季節だ。藤井もだいぶ汗ばんでいるが、酔いのためにその暑さも覚えず家路を辿った。

式部小路が小松町《こまつちょう》に突き当たるところで右へ。川瀬石町《かわせこくちょう》と新右衛門町《しんえもんちょう》の間の道を今度は左へ折れて、楓川沿《かえでがわ》いの本材木町《ほんざいもくちょう》三丁目へ出る。そのまま中橋《なかばし》（小《お》浜橋《ばまばし》）を渡れば八丁堀だ。武家屋敷をぐるりと回らねばならないが、ここまで来れば自分の組屋敷まであと少しだった。

楓川沿いに少し北へ戻って、坂本町《さかもとちょう》と九鬼《くき》家《け》上屋敷の間の道へ入り、次の四つ辻を南へ。

——さあ、あとちょっと。

そう思ったところで、不意に背中に強い衝撃を受けた。


翌日。北町奉行所の同心詰所へ、前日の夕刻に続いて裄沢が顔を出した。詰所の中では、廻り方の朝の打ち合わせがもう終わろうとしているところだった。

「遅くなりました——昨夜、藤井さんが襲われたそうですね」

挨拶もそこそこに、裄沢が勢い込んで問うてきた。

「おう、お前さんにもちゃんと知らせがいったかい」

集《つど》った皆がこちらへ顔を向けてくる中、臨時廻りの室町が問うてくる。確か今日室町は非番のはずだが、さすがにこれだけのことが起こったとなれば休んではいられなかったということだろう。

「はい、今朝《けさ》知らせを受けました。それで急いで出てきたのですが」

「そいつぁ申し訳なかった。何、大《てえ》したこっちゃなかったんだけどな」

そう言いながら、皆の陰に隠れていた者がひょっこり顔を出す。その人物を目にした裄沢が驚いた。

「藤井さん！　出てきて大丈夫なんですか？」

「ああ、ちょいと背中を叩かれたぐれえだったから、このとおり何でもねえさ」

実際にはまだずいぶんと痛みはあるのだが、動けぬほどではない。もしかすると相手を定めることなく町方が襲われたかも、という重大事が起こっている最《さ》中《なか》、しかも先に襲われた者の一件が起きたのはつい先日のこと。警戒していて当然なのに不覚を取ったという自責の念も覚えているから、家でのんびり休んでいることなどできるはずがなかった。

横合いから、臨時廻りの筧が口を挟んでくる。

「てぇこって、藤井さんの怪我自体はそんなに重くはなかったんだけど、こんなことになっちゃあ皆に知らせねえワケにゃあいかなかったからな。ただ、藤井さんもこんな元気なのに夜中にみんなして集まってもらっても仕方ねえから、知らせは朝まで待ってから出したってぇことだったんだ。

　まあ、本日出仕の者にはこの場で言やあいいから、そっちにゃわざわざ知らせは出さなかったけど、隠密廻りのお前さん方は必ずしも北町奉行所《こっち》へ顔ぉ出すとは限らねえからな。そいから今日非番の面々はどうしようかと思ったんだけど、こんなことが起こっちまった以上、注意喚起は必要だってこって、『出てくるまでのことはねえ』とひと言添えて、いちおう簡単に知らせだけは出しといたんだ」

　ならばなぜ室町がいるのかということになるが、廻り方でも最年長で皆を纏《まと》める立場にあるとなれば休んでもいられないのだろう。そうでなくても世話焼きの室町なら、当然の行動だ。

　裄沢は視線を動かして集まった面々を見回したが、その中にもう一人の隠密廻りである鳴海文平《なるみぶんぺい》の顔は見当たらない。ずいぶんと重要な密命を受けているのだろうかとチラリと思ったものの、すぐに目の前のことへと思考を切り替えた。

「で、襲われたときはどのような状況だったのでしょう」

「ああ、そいつはちょっと待ってくれ――」

と臨時廻りの柊《ひいらぎ》壮太郎《そうたろう》に話を遮られた。柊は打ち合わせの残りを手早く済ませ、本日市中巡回に出る六人を送り出す。さすがに藤井には無理をさせないようで、定町廻りならば出仕日は必ず行う見回りを本日は休ませるつもりらしかった。

市中の見回りに従事する者らが全員同心詰所を後にし、廻り方で残ったのは、何かあったときの応援要員として待機番をする室町と柊、それに裄沢と藤井の四人だけとなった。室町は非番のはずだが、本来待機番である筧が以前よく組んでいた藤井に代わって市中巡回に出たので、その穴を埋めるつもりのようだ。

「じゃあ、裄沢さんにも話を聞いてもらおうかい――藤井さん、本日二度目でご苦労さんだけど、もう一遍頼まぁ」

柊が藤井に願い、話が始まる前に裄沢が気を利かせて湯冷ましを入れた湯呑を配った。

四

藤井は頭を下げて、手に取った湯呑から決まり悪げな顔でひと口含んだ後、ぼそりと口を開いた。

「情けねえ話んなるが、まあ聞いてくれ。

おいらぁ夕《ゆん》べは、誰も誘わねえで独り酒決め込んだんだ。行った先ゃあ式部小路の一杯飲み屋、おいらの行きつけんとこだ。筧さんとか西田《にしだ》さんとかとは行ったことがあるから、知ってるはずさ」

西田とは、定町廻りの西田小文吾《こぶんご》のことである。同じお役の藤井とは歳も着任した時期もさほど離れておらず、それぞれ互いを一番気の合う仕事仲間だと認識しているような親しさだ。

西田とよく組むために事情を知っている柊が、黙って頷く。そこに裄沢が口を挟んだ。

「式部小路というのは、たしか通町の二丁目でしたか」

「ああよ。通町んとこの大通りよりゃあ東っ側。見世があんなぁ、小路の真ん中辺りで、二丁目が終わる手前《てめえ》ぐれえんとこさ。で、そこで一杯聞《いっぺえき》こし召《め》してご帰宅と相成《あいな》ったんだけど、その帰りにな」

藤井は飲み屋から己の組屋敷までの順路を説明する。

「そんで九鬼様の上屋敷んとこをぐるっと回り込んで、さぁもうすぐ着くと思ったとこで、不意に後ろからガツンよ。前のめりに倒れて、最初は何が起こったか判らなかったけど背中が痛み出したんで、『ああこりゃあひっ転んだとかじゃあなくって後ろから殴りつけられたんだな』ってようやく気がついたって有り様さ」

「医者によると、右肩の背中のほうに細長い打ち身があったそうだ。まあ、木刀とか棒のような物を使って殴りつけられたってこったろうな」

そう、柊が解説をしてくれる。

「襲ってきた者は見ましたか」

「情けねえことに、小走りで去ってく跫音《あしおと》を耳にしただけさ」

「夜だから、暗がりで姿までは見えなかった？」

「いや、場所が角を曲がってすぐだったんで、相手もその角を曲がって消えてったってこったな。まあ、裄沢さんの言うように、もし真っ直ぐ逃げてったとしても、はっきり見えたかどうかは判らねえけどな」

「藤井さんが曲がってきたその角を逆に曲がって逃げ去ったということは、九鬼様の屋敷と坂本町の間の通りを走り去ったということですか」

「ああよ。殴られたときに耳までおかしくなってなきゃあ、そのとおりだな」

藤井の言葉に従えば、襲われたところは通りの右側が九鬼家の大名屋敷、左側は医師の住まいが建ち並んでいる。九鬼家のほうは屋敷の真裏側になるし、医者のほうも急患でもいなければもう寝静まっていてもおかしくない刻限だ。その先は大名屋敷と町方の組屋敷に挟まれた道がしばらく続くから、夜中ということもあって人通りが全くなくてもおかしくない場所だった。

誰かを襲うつもりなら、お誂《あつら》え向きの場所だったと言えるであろう。

「責めるような言い方になってしまったら済みません、それで、角まで行って逃げていった者を見ようとはされなかったのですか」

「殴られたときに息が詰まったようになっちまって、しばらく動けなかったし、すぐにゃあ声も出せねえような体《てい》たらくさ。医者の診立《みた》てで大した怪我じゃあねえって知らされて、穴があったら入りてえ気分だ」

酔っていたのだから、というのは慰《なぐさ》めにもならないだろう。裄沢は藤井の心情の吐露はあえて聞き流して、次の問いを発した。

「その後はどうされましたか」

「おいらが殴られたときに出ちまった叫び声だか、その後の呻《うめ》き声《ごえ》だかを聞きつけた医者の弟子が様子を見に表へ出てきてくれてよ、そいでおいらを見っけてくれたってワケさ」

「不意を襲われても藤井さんは落ち着いてて、医者に診てもらいながら使いの者を出させて筧さんに知らせてくれたんだ。そいで筧さんは、室町さんだけにゃあ連絡を取って、何とか今日に備えられたってとこだ」

柊が卑下《ひげ》する藤井の助勢に回って《を庇う発言をして》くれた。裄沢としても、それで藤井の気分が上向いてくれればやりやすくなり、ありがたい口添《くちぞ》えである。

現在藤井とよく組む臨時廻りは石垣多門《いしがきたもん》だから、本来ならば藤井はまずその石垣に知らせるべきであったろう。しかし藤井が石垣と組むようになったのは昨年の途中からであり、その前任が長いこと筧であったため、突然の事態に思わず筧の名が出たことから、まず筧が呼び出されたのだと思われる。

「で、筧さんと相談したんだけど、幸い藤井さんの怪我も大《てぇ》したこたあなかったようだし、もう夜中だからこれから誰かがまた襲われるような心配《しんぺぇ》はねえだろうってこって、今朝まで皆に知らせるなぁ控えたってこった」

そう、室町が補足した。

「それで藤井さん。昨日御番所を出たところからとか、あるいは飲み屋を出た後で、誰かに尾《つ》けられてるような気配を覚えたりはしませんでしたか」

裄沢はそれまでと同じ調子で問いを発したのだが、耳にした室町や柊の表情がさっと変わる。

「お前さんその問い《そいつ》は、最初っから藤井さんが狙われてたってことかい」

「室町さんと筧さんのお二人も、少なからずその目もあり得ると考えたから、夜中であっても皆に知らせるべきかを検討したのでは？」

柊の鋭い問いかけに、裄沢は淡々と応じた。

「まあ、南町の内藤さんがあんな目に遭ったたって聞いたばっかりだったからな」

応じた室町の声は、北の廻り方でも一番の老練らしく、落ち着いたものだった。

「で、裄沢はそうかもしれねえ疑いが濃いと思ってるってことか？」

「いえ、疑いの程度はお二人と同じほどかと。ただ、少しでも疑いあるからには確かめておいたほうがよいかと思っただけです」

三人のやり取りを聞いて、藤井が裄沢に答えてきた。

「尾けられてたかどうか、気づきゃあしなかったな。てえか、おいらはお三方とは違ってそんなことを気にしてなかったからね。てっきり内藤さんが誰かから恨みぃ買っただけだと思ってたからよ――全く、情けねえなぁ」

「まあ、我々もこのような考えを抱くようになったのは、藤井さんが襲われてからです。その前じゃあ、立て続けに町方が狙われるかもなんて疑いを、そうそう本気にする人はいなかったでしょう。

覚さんがどうされたか知っていたらお訊きしたいのですが、藤井さんが襲われたという知らせを受けて、その場所の周辺をすぐに調べたりなさったのでしょうか。もしなさったのなら、怪しい人影を見たというような人物がいなかったかどうか教えてください」

「うーん。おいらもざっくりと覚さんから聞いただけだけど。

夜中に、突然の知らせだったからねえ。医者んところへ押《お》っ取《と》り刀《がたな》で駆けつけて、まずは藤井さんの容体《ようだい》を確かめるのが一番先だ。そん次に藤井さんの身体を気遣いながら、何があったかを聞き出してった。

そうなるともう大分《でえぶ》ときは経っちまってるし、まずはもう居そうもねえのに大騒ぎすんのもどうかと思ったんだろうな。藤井さんの無事を確かめてから改めて表に出てみたけど、たぁだ人通りのねえ夜道が続いてるだけだったそうだ」

「まあ、襲われたって聞いて駆けつけたとこで、すでに大分ときゃあ経ってたろうから、到着してすぐに辺りを探ってても大勢《たいせい》に影響はなかったろうさ。おいらが筧さんだったとしても、やっぱり同じようにしてたと思うな」

柊の返答に、室町がポツリと言葉を添える。

確かに、状況を考えれば筧の行動はごく当たり前のものだ。裄沢も、「もしかしたら何か手掛かりがあるかも」との期待から問うただけで、非難するつもりはいっさいなかった。

夜中に、たとえば奉行所の小者など人を集めて探索につかせなかったことも、襲われたのが町方役人、しかも廻り方の一人だとなれば、ある程度事情が判明するまで周囲に知られぬよう慎重に振る舞うのは当然の判断であろう。

「よく判りました。お二方のなさりようが誤りだとは、俺もいっさい思ってはおりませんので。

ところで藤井さんにお伺いしたいのですが、藤井さんは南町の内藤さんとは仕事以外でも親しくされているようなことはありますか」

「いや。あの人たぁ持ち場が隣り合ってるから、見回りの途中や八丁堀の中《住まいの近く》で顔を見かけたときに挨拶ぐれえはするけど、それぐれえだな。他にゃあ、いっさい付き合いはねえよ」

この問いを耳にして、室町と柊が再び難しい顔になる。

これまで、町方役人が誰かに襲われるような騒ぎが起こったことがいっさいなかったかといえば、さすがに皆無《かいむ》ではない。当人の話からしても、市中巡回をする際の持ち場も違う南町の内藤と北町の藤井の両方に恨みを持つ人物がいるなどとはなかなか考えづらいから、もし同じ人物による凶行なら、動機は別にあることになろう。

過去にあった事例でいうと、打《う》ち壊《こわ》しのような騒ぎや祭りの喧噪《けんそう》の中で、市中の警戒で出張《でば》っていた町方が群衆に襲われ暴行を受ける、といったことは散見される。しかしこうした例は、人々が普段とは違った興奮状態にあって、つい越えてはならない一線を越えてしまったために起こった出来事だと言えよう。

夕刻の武家地や夜中の武家地と町人地の境といった静かな場所で、しかも人目のないところを見計らったように行為に及んだところからすれば、「ついその場の勢いで」というのとは違った明白な悪意があったと思わざるを得ない。

さらに言えば、町方役人が誰かに襲われて死体となって見つかったということとも過去になくはない。しかしこたびの二件では、襲われた者らはいずれも怪我をしただけで済んでいる。軽傷で済んだ場合は相手からの「警告」だから、本来であれば誰がやったかおおよその見当はつくものだ。

すなわち、単に襲われた者当人に対する犯意でなされた犯行とは、いささか違った気配が感じられるのだった。

「で、裄沢さん。もし同じ野郎による凶行だとするなら、これからどうする」

「はて。まずは同じ者が行ったことかどうかすら定かではありませんので、何か探るといっても内藤さんや藤井さんから取っかかりだけでもいただけないと、なかなかこれだという手立てではないかと」

その裄沢の言葉を聞いても、藤井は黙ったまま首を振るばかりである。己のその動作が怪我に響いたのか、藤井は首から上を動かした後に顔を顰《しか》めていた。

が、裄沢が口にしたのはそればかりではなかった。

「今できることといえば、藤井さんも何者かに襲われた一件を南町へきちんと伝え、向こうでも警戒してもらうぐらいですか。藤井さんに心当たりはないようですが内藤さんのほうはどうなのか、先方へ伝えた際に南町に確かめてもらえるならさらによいかと」

裄沢の話をじっと聞いていた室町は、「まあ、それぐれえかなぁ」と独りごちて柊のほうを見た。柊も無言のまま見返してきたということは、異論も他の意見もないということだ。

「じゃあ、今はそんなとこだな——南町への伝達はおいらと柊さんでやっとくからよ」

「お手数お掛けします」

「なに、こういうのも年の功だ。付き合いの長《なげ》え者《の》がやるほうが、すんなりいくってもんさ。

じゃあ後《あた》ぁこっちに任せて、裄沢さんは己の仕事に戻ってくんな。で、藤井さんはわざわざ出てきてくれたけど、今日ぐれえは家でしっかり身体ぁ休めてくれや」

裄沢は素直にうなずいたが、藤井のほうはそうもいかない。

「いや、おいらは大丈夫《でえじょぶ》ですんで」

「こんなときゃあ大人しく休んでくれねえと、今度他の者《もん》に何かあったときに、そいつがオチオチ休んでられなくなっからよ。お前さんのためだけじゃあねえんだ、まずはしっかり怪我の養生《ようじょう》に努《つと》めるこった」

やんわりと窘《たしな》められれば、さらなる抵抗はできない。藤井は渋々と臨時廻りたちの言葉に従うことにしたようだった。

裄沢と藤井が同心詰所を去って、部屋の中の廻り方は臨時廻り二人だけとなる。

「で、柊さん。お前さん、裄沢の言葉をどう思った」

「言ってることたぁ、真っ当だな。でも、南町《向こうさん》がそう取ってくれるかどうか……」

「みんながみんな、変な受け取り方をするわけじゃねえだろうけど」

「中に捻《ひね》くれてんのもいるのが、厄介なんだよなぁ」

「けど、南町《やら》と連携を取らない《ねえ》ワケにゃあいかねえか」

「どうなることやら。成り行きを見てくしかねえんだろうけど、ナンか嫌《や》ぁな予感がすんだよなぁ」

それぞれに思うところでもあるのか、二人の間にしばらく沈黙が続いた。

五

藤井が襲われるという騒ぎが起こってほどなく文月《ふみづき》（陰暦七月）を迎え、月番は北町に交替した。

室町や柊が覚えていた危惧《きぐ》を裄沢も共有していたのかどうか、その表情からは覗《うかが》えない。裄沢は、月番の隠密廻りの勤めの一つである吉原の面番所《めんばんしょ》での立《た》ち番《ばん》を、毎日淡々とこなしている。

北町の廻り方の面々は、さすがに南町の内藤の件に直接関われはしなかったけれど、藤井が襲われたほうの探索は誰に遠慮することなく続けている。南北でそれぞれ役割分担しながらも、連絡《つなぎ》を取り合い情報共有に努めていた。

しかし、内藤と藤井の両方に恨みを持つ者に限らず、一方的な理由で二人に危害を加えそうな者も浮かんでこない。それほど二人の間の関わり合いは薄く、双方共通の知人さえ町奉行所《仕事場》と八丁堀《近所付き合いや親戚付き合い》の中を除けばほとんど見当たらない有り様であった。

皆の心の中で、「内藤と藤井が間を置かずに襲われたのはただの偶然で、それぞれの咎人《とがにん》は別なのではないか」との考えが次第に優勢になっていく。それを否定する根拠が一つも出てこないのであるから、無理のないことではあったろう。

とはいえ、内藤や藤井各々《おのおの》について、背後から不意に襲われるほど誰かから恨みを買っているという話も聞こえてはこない。北町の面々にすれば、南町から内藤に関してこうした話を聞かされても眉に唾《つば》するところがないわけではないが、少なくとも藤井については、さほどに深刻な話は全く浮かび上がってこなかった。

「こいつぁ、おんなし野郎かどうかぁ知らねえけど、通り悪魔（現代で言うところの通り魔）みてえな凶行で、内藤さんも藤井さんも偶々《たまたま》そいつの目についちまったってことかもしれねえなぁ」

ついに、打ち合わせの場でそんなことが言い出されるようになった。

「そっちの目もあるこたぁ確かだが、だからって二件の騒ぎに関わりがねえと断ずるなぁ早計だぜ。後々んなって『あんときこうしておきゃあよかった』なんぞと後悔しねえように、目ぇ配るべきとこは漏れなく総浚《そうざら》いしとかなきゃならねえ」

柊は、自らをも戒《いまし》めるような口調で皆に釘を刺した。

それでも、有力な手掛かりが全くないままの日々が続く。探索は手詰まりとなっていた。

隠密廻りは、毎日朝夕の廻り方の打ち合わせに顔を出すようなことはしないのだが、藤井の件を気にする裄沢がその場に現れる機会は増えていた。その日裄沢が顔を洗って朝の食膳につくと、下男の重次が座敷に顔を出した。

給仕にはもう一人の下男である茂助がついているから、何かあったということだろう。そういえば、台所にある裏口のほうで誰か訪れたような物音がしていた。

「なんぞ知らせでも来たか」

「へい。室町様からのお使いで、本日朝か夕刻、いずれかの打ち合わせに顔を出してもらえないかと」

裄沢は昨日の朝の打ち合わせに出ている。そのときには何の進展もないとの話だったが、あるいは誰かが重要な情報《ネタ》を摑んだということかもしれない。

「やってきた使いは、どういう用件なのか口にしていなかったか」

「いえ、そういうことは何も」

「まだ勝手口におるのか」

「はい。旦那様のご返事を待っておりやす」

「そうか。では、本日朝の打ち合わせに間に合うように顔を出すと伝えてくれ」

承《うけたまわ》った重次は、小さく頭を下げて座敷の入り口から姿を消した。

わざわざ呼び出してきたからには、何か動きがあったに違いない。しかし、使いにわずかもその内容を告げていないところからすると、あまりいい話ではないのかもしれない。

裄沢はそんなことを考えながら、目の前の膳に置かれた箸《はし》へ手を伸ばした。

「お早うございます。お呼びだと聞き、やって参りました」

裄沢が北町奉行所の同心詰所に到着したときには、本日出仕の定町廻りや臨時廻りがすでに皆顔を揃《そろ》えていた――いや、本日非番の者も一人か二人はいるようだ。

裄沢の登場に皆がそちらへ顔を向けたが、どの顔も深刻そうに口を引き結んでいた。

「何か起きましたか」

裄沢も表情を引き締めて問う。答えてくれたのは、室町だった。

「ああ。昨夜、南町で臨時廻りをやってる小園《こぞの》さんが襲われたってこってな」

皆の顔を見て覚悟はしていたものの、悪い予感が当たってしまった。

「しかし、こうしたことが二件立て続けに起こった後ですから、警戒はしていたのでは？」

「まあ、藤井さんの一件からしばらく何の動きもなかったからなぁ、多少は気が緩んじまってたのかもしれねぇ」

北町では二件重なったのは偶々で、それぞれ別人による行きずりの犯行ではないかとの憶測が広まりつつあった。南町でも、同じような考えが大勢を占めるようになっていておかしくはない。

「それで、その小園さんというお人の容体は」

問われた室町が溜息をつく。

「昏倒《こんとう》してるとこを見っかったんだが、今朝早く息を引き取ったそうだ」

最悪の事態であった。夜中に騒ぎにならなかったのは藤井のときと同じ理由で、もし亡くなったのがもっと早ければ、茂助たちも何ごとかは聞き込んでいただろうと思われた。

筧も、溜息交じりに続ける。

「こいで、内藤さんと藤井さん、別の者による二件の襲撃が偶々同じような時期に重なったってぇ線は薄れたな。これからぁおんなし咎人が立て続けに凶行に及んだ前提で探索を進めることんなる――無論、三人それぞれ別の、あるいは二人襲った野郎と一人だけに手ぇ出した野郎の二人がいるってえ線でも探り続けはするが」

「判りました。それでは、小園さんという方が襲われた詳細を教えてもらえませんか」

「ああよ。小園さんが襲われたなぁ、藤井さんときとほとんどおんなしような状況だったようだ。一人で飲みに行って、その帰《けえ》りにガツン、ってことでよ。刻限は定かじゃねえが、おそらくは四つ（午後十時ごろ）近くだったと思われてる」

「場所は」

「八丁堀は山王御旅所《さんのうおたびしょ》の裏手の道だ。芭蕉堂《ばしょうどう》のある真ん前で倒れてたってこったな」

　御旅所とは、祭りなどの際に神輿《みこし》が巡業《ねりあるく》する途中で休憩させる場所や、巡業の目的地などを指す言葉である。八丁堀の山王御旅所は、徳川家の産土神《うぶすながみ》である日《ひ》吉山王権現社《よしさんのうごんげんしゃ》（現在の赤坂日枝神社《あかさかひえじんじゃ》）の摂社《せつしゃ》（神社本社の支所的な社《やしろ》）として、徳川家康《いえやす》の江戸入府の際に、川越《かわごえ》から勧請《かんじょう》された仙波《せんば》日枝神社の神輿をまずここに安置したことから始まり、江戸三大祭りの一つとされる山王祭《さんのうまつり》では神輿の巡業先となっている。

芭蕉堂は俳人松尾《まつお》芭蕉やその弟子を祈念《きねん》して作られたお堂であり、芭蕉所縁《ゆかり》の各地に芭蕉庵《ばしょうあん》などの名でいくつか建てられている。

ここで話題に上がっている山王御旅所や芭蕉堂は八丁堀の北部にあり、藤井が襲われた九鬼家上屋敷の裏手からだと北東《うしとら》の方角になる。襲われたところは神社と堂宇《どうう》に挟まれた道であり、特に夜ともなれば人気《ひとけ》はほとんどないであろう。

「なぜそのようなところを夜中に」

「小園さんの屋敷は芭蕉堂の裏っ側を越えた先んなるからなぁ。屋敷と屋敷の間の路地ぃ抜けりゃあ、近道になるんじゃねえか。

まあ、二件の騒ぎの後しばらくときが経ってたから、油断しちまったんだろうな」

「それで、昏倒しているところを見つかったとのことですが」

「芭蕉堂の隣は町家だ。仲間と一杯《いっぺえ》飲《や》って上機嫌で帰《けえ》ってきた大工《でえく》が、何の気紛《きまぐ》れだか、手前《てめえ》の長屋の雪隠《せっちん》じゃあなくって裏茅場町《うらかやばちょう》の堀で立ち小便しようとして、芭蕉堂のほうまで足を進めたんだそうだ。暗がりで何かに蹴躓《けつまず》いたと思ったら、そいつが小園さんだったたってこってよ」

裏茅場町は山王御旅所や芭蕉堂の北側で東西に延びている細長い町だ。その町と山王御旅所などの間に水路が通っているのである。

「小園さんの組屋敷の近くだっつったけど、詰めてた番屋の定番《じょうばん》（自身番の雇われ人）が小園さんの顔ぉ知ってて、すぐにそっちへ知らせたそうだ」

後の流れは訊かずとも容易に想像できる。

「小園さんは昏倒しているところを見つかって運ばれたようですが、息を引き取られる前に目醒めるようなことはなかったのですか」

「残念ながら、気がつくことなくそのまんま亡くなっちまったようだ。だから、誰に襲われたかなんて証言は、いっさいねえまんまだな」

「昏倒してそのまま亡くなったということは、こたびは背中や肩を打たれたのではないということでしょうか」

「ああ。額《ひたい》の左上から頭頂部にかけて、一撃を入れられたってことのようだな」

「すると、小園さんは咎人を目撃していたかもしれないと」

「そうなるな。何者かが近寄る気配に気づいて振り向いたとこぉガツン、ってこっちゃねえかな。まあ、見られちまったとなりゃあ危《ヤベ》えから、咄嗟《とっさ》に頭ぁ殴っちまったってことかもしれねえけどな」

「でも一撃だけで、倒れた小園さんへ追撃はしていないんですよね」

「そうだな。咄嗟のこって慌てたもんだから、昏倒するほど強《つえ》え力で殴っちまったけど、倒れた相手を見たら急に怖くなっちまったとか、誰か来そうな気配を察して急いで逃げ出したとか、そんなこっちゃねえかな」

「もしそういう相手なら、自分のやったことに怯《おび》えて、このまま姿を消してしまうかもしれませんね」

「まあ、町方役人殴って憂《う》さ晴《ば》らししようってだけだったら、その殴った相手が死んだと耳にすりゃあ、今頃《いまごろ》ぁ手前の家で掻巻《かいまき》被って震えてるかもしれねえなあ——でももしそうだとすると、この三件の騒動、咎人が見つからねえまんまで終わっちまうかもしれねえが」

筧は難しい顔で独りごち、それから裄沢に目をやった。

「もちろん、探索はこのまんま続けるぜ。町方にあんなマネぇしといてノウノウとのさばってるなんてこたぁ、絶対《ぜってえ》赦しとけねえ。石に齧《かじ》りついても挙げてやるからよ」

そう、意気込みを新たにするのだった。

六

町方の皆の意気込みにもかかわらず、探索は進展を見せなかった。篦が案じたとおり、咎人《ひとじ》の足跡《そくせき》がぱったりと途絶えてしまったからである。

自分が人死にを出したことを恐れたのか、はたまた襲撃者が現れずともさすがに南北の廻り方が警戒を解くことがなくなったため、手を出しかねているのか、それは判らない。

肝心の咎人については、いまだ手掛かり一つ得られていない。いや、内藤と藤井両方と関わりある者というだけでも一人も疑わしき人物が浮かび上がってこなかったのに、小園まで加わった三人の関係者となるともはや皆目《かいもく》見当もつかない有り様だった。

内藤の持ち場は城南地区、藤井は城西《じょうさい》地区と隣り合わせということで、当人らは気づいていなくともその境目付近に巣くっているような悪党に逆恨《さかうら》みされているということもあり得た。しかし、臨時廻りである小園とよく組む定町廻りの持ち場は城東《じょうとう》の日本橋川《にほんばしがわ》以北。城南や城西からは、江戸城《おしろ》を挟んで真反対とも見なせる土地だ。

臨時廻りには特段受け持ちとする地域はないが、よく組む定町廻りが非番の際にその持ち場を市中巡回する機会が最も多い。臨時廻りは廻り方としての経験が豊富な者の就くお役ではあるものの、やはり慣れている土地の近辺のほうが見回りはやりやすい。そこで、別の定町廻りの代行で市中巡回する際も、同じ城東の日本橋川以南や城北《じょうほく》地区、あるいは大川《おおかわ》を挟んだ本所《ほんじょ》深川といった隣接地域を任されることがほとんどになる。

城南や城西は小園にとり市中巡回の機会が少なかったため、容疑者《それらしき人物》を絞り込みやすいのではないかと当初は期待されたものの、「当たり」っぽい手掛かりを摑んだ町方は一人としていなかった。もはや、「咎人はあの三人を目当てに襲ったというより、町方全体、あるいは少なくとも廻り方全体に恨みを抱いていて、目についたあの三人が偶々襲われたのではないか」との見方が大勢を占めるに至っている。

それ以外の、大っぴらに口にはできない《北町のとある人物への》ような疑いを心に抱いている者も南町にはごく少数存在してはいるのだが。北町の面々は薄々それを承知していながら、表面上は気づかぬふりをしてやり過ごすしかなかった。さもなくば、前の月に引き起こされかけた衝突が、より現実味を持ったものとなりかねなかったがために。

そうして、何ら手掛かりが摑めぬまま南北の廻り方は焦燥《しょうそう》を深めていった。毎日の徒労に、皆の醸《かも》し出《だ》す気配がずいぶんと重苦しくなっている。北町の面々ですらそうなのだから、「仲間一人の命を奪われた南町のほうはいかばかりであろう」と案じられはしても、さすがに手の出しようがない。

一度は「南北双方が協力して」という形が取られるようになった探索も、今はほとんど有名無実化していた。一因は相互でやり取りするだけの情報を南北いずれも持てずにいるからであるが、別の理由はいまだ南町の中に北町（の中の一同心）へ覚える引っ掛かりを自身の中で消化しきれぬ者がおり、探索の進まぬ苛立《いらだ》ちからそうした鬱憤《うっぷん》を抱える人物の心情に多かれ少なかれ引きずられる者も増えてきたからだった。

そうした南町の静かな変化に気づきながら、北町にはどうすることもできない。あえて指摘などしてしまえば、開き直った相手から反発を喰らって修復不能な状況に陥ってしまうことを恐れるためだった。

三件目に大きな悲劇を生んだ一連の（と思われている）騒動の次の幕は、かように南北の間が静かな緊張状態の中で危うい均衡《きんこう》を保っているときに、容赦《ようしゃ》なく切って落とされた。


「また襲われた者が出たって、ホントですかい⁉」

夕刻の北町奉行所の同心詰所に定町廻りの西田が駆け込んできたのは、小園が襲われてから十日ほど後のことだった。

「おう西田さん、今見回りからの戻りかい。ご苦労さん」

臨時廻りの室町がいつもと変わらぬ穏やかな声をかけてきたが、その室町を含め、こちらを向いた顔は皆深刻そうだ。

西田は面々の顔を見回し、いるはずなのに姿の見当たらない者や晒《さらし》を巻いている者などがいないか確かめたが、ひと渡り眺めた限りでは見つからなかった。

——いや、本日出仕の誰かとは限らねえ。

「で、今度《こんだ》ぁいってえ誰が？」

ホッとしかかる己を叱りつけ、緊張を新たにしながらさらに問いを発する。

「南の臨時廻り、斎藤《さいとう》さんだそうだ」

室町の返答を聞いて今度こそ安堵しそうになり、すぐに気持ちが切り替わる。

「また南町の臨時廻り……」

「北の廻り方じゃぁなかったが、だからって喜べやしねえ。次こそ北町《こっち》かもしれねえしな」

臨時廻りの三上鐵太郎《みかみてつたろう》がぼそりと呟く。それに定町廻りの石子統十郎《いしことうじゅうろう》が続けた。

「それによ、こんで北は藤井さん一人なのに、南町《むこうさん》は三人目だ。しかも、南は一人死んで、残る二人も床《とこ》に臥《ふ》せるほどの怪我ぁ負ってんのに、藤井さんは翌日すぐに御番所に出てこられる程度の軽さで済んでる」

「どういう意味です？」

ムッとする西田へ、石子は冷静に返す。

「向こうさんからだと、どう見えそうかって話さ」

「……まさか、こっちが向こうに手ぇ出してるって!?」

「こんだけ皆で探し回ってんのに手掛かり一つ見つからねえ。いってえどこのどいつがやってんのか、そんでもって次に狙われんなぁ誰なのかってえ疑心暗鬼《ぎしんあんき》に焦りまで加わったら、一見筋が通ってそうな安易な考えに飛びつく輩《やから》が出てきたって、おかしかなかろうって話だよ」

「まあ、実際手前《てめえ》んとこの不始末棚《たな》に上げて、こっちに八つ当たりしてきた野郎もいたしな」

西田が反駁《はんばく》する前に、定町廻りの入来平太郎《いりきへいたろう》が被せてきた。

それを聞いて、西田も口を噤《つぐ》まざるを得なくなる。確かにあの御仁《ゆきざわ》のことを思えば、何から何までこっちのせいだと引っ被せてくるような者が出てもおかしくはなかった。

石子がさらに続ける。

「しかも、その八つ当たりしてきた野郎が、今回までの一連の騒ぎで最初に襲われた人物だとなると、何ぃ言ってきそうか想像がつこうってモンだろ」

「でも、そんな馬鹿なことを――」

「そいつを馬鹿なこったと手前《てめえ》で判断できるようなら、最初っから人に八つ当たりなんぞしやしねえさ」

「……」

「まあ、向こうさんがどう考《かんげ》えてるかなんて、こっちで案じてても仕方《しやあ》あんめえ。こっちゃあこっちで、やれるだけのことをやっとくしかねえんだからよ」

石子たちのあまりにも突き放した南町への見方に西田が絶句していると、室町が間に割って入った。最年長者の取りなしに、石子も口を閉ざす。

「そんなお話より、こたび斎藤さんという南の臨時廻りが襲われた詳しい状況を教えていただけますか」

打ち合わせのために集まっている廻り方の外側から、そう静かな声が掛かった。誰かと見やれば、いつの間にか近くにいて皆の話を聞いていたらしい裄沢が佇《たたず》んでいた。

「裄沢さん……」

西田は呼び掛けるともなくその名を呟き、石子は悪口を言っていたわけではないにせよ、ばつが悪そうな顔になる。裄沢はそんな二人には構わず、真っ直ぐ室町へ視線を向けている。

室町も目を合わせて、おもむろに口を開いた。

「ああよ――まあ、先日まで三件立て続いて、しかも三件目にゃあ人が死ぬ事態にまで至ったんだ、みんな警戒してる中でのこの騒ぎよ。一人の咎人が三件ともやったってんなら――まずはそれ以外にゃあなかなか考えられねえけど、そいつはよっぽどの覚悟で今度の四件目の騒ぎを起こしたってこって間違いねえだろうさ」

「そこです。ある程度間が空《あ》いてるとはいえ、三件続いてしかもその三件目に襲われたお人は命まで奪われています。となれば、俺も含めて南北の町方の全員、少なくとも廻り方の勤めに従事している者は、不審な人物が己の周囲にいないか、物陰から不意を衝《つ》いて襲ってきそうな場所に近づいてはいないか、皆が絶えず気に掛けていたはずだとばかり思っていました。

なのに、また襲われる者が出た。いったいどういう状況でそんなことが起こったのでしょうか」

「うん。これまではみんな、町奉行所《つとめさき》や己の組屋敷《いえ》への帰《けえ》り道、しかも一人で歩いてるときに不意に襲われたってことだった。けどこたびは、帰る途中でわずかながらも気が緩んでるとことか、一人っきりで周りに目がねえ場所だとかいう、これまで襲われたときや場所とは全く違ったところで起きた——斎藤さんが襲われたなぁ、捕り物の真《ま》っ最中《さいちゅう》ってえ、気を張る仕事をやってるまさにその最中《さなか》での出来事だったし、当然、斎藤さん以外にも定町廻りや町奉行所《ごばんしょ》の小者、とこ ろの御用聞きとその子分どもなんぞが近くにいるときのことだった。真っ昼間の捕り物だから、そこいら辺にゃあ通行人や野次馬だって少なからずいるって中だ。

　そういう意味じゃあ、おいらたちが考えもしてなかったとこを上手く衝かれちまったってことになんだろうな」

「まさか、そんなときを狙って……」

「より詳《つまび》らかなとこまで言及すると、昨日は斎藤さんとよく組む定町廻りがコソ泥を捕まえようってんで、そいつの潜伏先《ヤサ》に乗り込んでったんだそうだ。普通だったら番屋へ出頭しろって命じて、出てきたとこを引《ひ》っ括《くく》るだけで済んじまう話なんだけど、そいつは最初に命じられたときに己の住まいを捨てて逃げ出しやがったヤツだったんだ。で、潜り込んだ先を見っけて、ようやくお縄にしようってとこだったのさ。

　まあ、逃げ出したのも後先考えられねえほどの小心者だったつうだけで、開き直ってさらなる大きな悪事をしてのけようってような、底の知れねえワルってわけじゃあねえ。取り囲んで『御用』と声を掛けりゃあ、そのまますんなり縛《ばく》に就《つ》く程度だと、捕り物に向かった定町廻りも送り出した同役連中も見なしてた程度の小物さね。斎藤さんがその捕り物に立ち会ったのだって、まずは起こるはずのねえ『万が一』に備えてただけだったたって言う」

「けれど、思ってもいなかったようなことでも起こりましたか」

「ああ、そのとおりだ。なに、そんでも別に大《てえ》したこっちゃなくて、取り囲んで『御用だ』って声ぇ掛けたところが、素直に出てこずに閉じ籠もっちまったってだけだったんだけどよ。

野郎、どう声ぇ掛けても出てこねえし、中じゃウンともスンとも言わねえほど静かなまんまだ。別に人質取ってるってわけでもなさそうだから、出てこねえなら踏《ふ》ん込《ご》むまでよと戸ぉ蹴破って小者や御用聞きの子分のうちの何人かが隠れ家の中に入《へえ》っていったと思いねえ。ところが、入ってみたら中は蛻《もぬけ》の殻《から》。人っ子一人いやしねえ。

ただ、捕り方のほうだってそれなりに年季《ねんき》の入った面々だ。『この周りはしっかり取り囲んでるし、逃げ道がねえのもきちんと調べてる。なら、床の下かどっかで息でも殺してるんだろう』って、落ち着いてそれらしいとこを次々と調べてったのさ。するってえと奴《やっこ》さん、捕り方が近くにいねえ床の下から飛び出してきやがった。

近くにいねえったって、脇を抜けられたときのために少し離れて『いざ』ってえ折に備えてる者らだってしっかり置いてる。そいつらが寄せてって、すぐに取っ捕めえたさ。けどな、さすがに野郎が急に飛び出してきたときにゃあ、みんなの目がそっちぃ向いちまう。そいつは捕り方だけじゃあなくって、『あそっから出てきたぞっ』て大騒ぎにゃあなってるから、ただ近くを通りかかっただけの通行人も、野次馬連中だって、残らずそっちへ目ぇ持っていかれちまったのさ」

「斎藤さんが襲われたのは、そのときですか」

「ああよ。斎藤さんは、捕り物自体は定町廻りに任せて己《ナン》は何かあったときのために控えてるだけのつもりだったんだろうな。包囲してる捕り方の輪からはずれて、その外側の野次馬が屯《たむろ》してるさらに外に立って全体を見てた」

「そこで、どのように?」

「背後から腰のあたりを、何か堅い物で強く突き込まれたらしい。そばにいた野次馬連中も、人の倒れる気配に気づいてようやく振り返ったら、斎藤さんが倒れてたってことらしいや」

　捕り物で出役している廻り方が自分の近くにいるとなれば、野次馬連中にしたところでジロジロ眺めているわけにはいくまい。視線ははずしていたはずだ。ましてや「咎人が逃げ出した!」と騒然としたところとなれば、全員の意識が捕り物のほうへ集まったのは自然なことだった。

「まあ、実際の怪我はさほどのことはなくて、今日明日ぐれえは屋敷で大人しくしてなきゃならねえけど、すぐに出歩けるようになるって程度だそうな。そんでもって当人は、定町廻《市中巡回》りの代役は無理でも、詰所での待機番なら十分できるって鼻息荒《あれ》え様子だそうだけどな。

そいつぁ、手前の失敗《しくじ》りをどうにか挽回《ばんかい》しようってえより、役に立たねえ己が留守番してりゃあ、その分だけ探索に人手を回せるって考えだろうな」

「して、斎藤さんを襲った人物を見た者は」

「斎藤さん自身、己が倒れたときに何が起こったのかすぐにゃあ判らなかったぐれえの衝撃だったそうだ。はっと気づいたときにゃあもう野次馬や近くにいた捕り方なんぞに囲まれて、咎人の姿を見つけるどこじゃなかったらしい」

「斎藤さんの背後には通行人はいなかったのでしょうか。騒ぎのほうへ意識が向かったとしても、そこからならば斎藤さんが襲われるところが目に入ったはずだと思いますが」

「生憎《あいにく》と、斎藤さんが立ってたなぁ、空き家の真ん前だったようだ。襲った野郎も、すぐに建物の陰に隠れて失せたんだろうよ」

こたびも、咎人はずいぶんと幸運に恵まれたようだ。まあ、そんな機会が得られなければ、襲撃を見送っていただけなのかもしれないが。

室町が先を続ける。

「で、その場にいた野次馬連中や、捕り方ん中じゃあ斎藤さんの近くにいたはずの小者や御用聞きとその子分、そいからその捕り物があった場所の周りに住んでる連中なんかに聞き込んでるけど、斎藤さんが襲われるところを見た者どころか、何者かが逃げてくところを見たとか、近くを怪しい野郎が彷徨《うろつ》いてるのを見たなんて者にも、今のところ行き当たったっちゃあいねえってこってな」

「そのときの斎藤さんに、供として御番所の小者か御用聞きなどはついていなかったのですか」

「いや。一人つけてたらしいが、野郎はコソ泥が逃げ込んだ床の下から飛び出したときに、釣られて野次馬連中の前のほうまで足ぃ進めちまったそうだ――普段なら練達《れんたつ》の御用聞きを供につけてるんだが、捕り物に出張《でば》ってるってこって、その御用聞きは捕り方の指図に回してお供はまだ若《わけ》ぇ子分に任しちまってたそうでよ、後で斎藤さんに土下座《どげざ》して謝ってたって聞いてる。

まあ斎藤さんのほうも、『コソ泥《やろう》が飛び出したのに気ぃ取られて背後が疎《おろそ》かんなったのは、おいらも同じだ。若《わけ》え者《もん》を責められりゃしねえさ』って苦笑いしてたってことのようだけどな」

「しかし、三人目まではずいぶんと用心深く行動してたはずの咎人が、こたびはかなり大胆なマネをしてきたことになりますね」

「そうだな。普通、これだけ罪ぃ重ねて、しかも前回にゃあ死人まで出したとなりゃあ、怯えてやめちまうか、そうでなくっても以前よりもずっと慎重に振る舞うようになるもんだが……」

「咎人は、この機会がどうしてもはずせないような、何か差し迫った事情でもあったのでしょうか」

「さあな。あるいは、次々と犯行を重ねたこって己に自信がつきすぎたとか、心が高ぶってどうにも抑えが効かなくなっちまってるってことかもしれねえ――嫌《や》な想像だけどな」

確かにそんな者が相手なら、この先いつ、どのように仕掛けてくるのか見当もつかなくなる。もし相手が相討ちも辞さぬ覚悟で襲ってくるとすれば、どれほど警戒したところで無駄な努力に終わってしまうかもしれないのだ。

定かではない仮定について考えても仕方がない。裄沢は、話を己らが今追及できるものへ転じることにした。

「しかし咎人は、よく捕り物の場に遭遇したものですね。あるいは斎藤さんか、捕り物を主導した定町廻りにずっと張り付いて尾けていたということでしょうか」

「斎藤さんにせよ、組んでた定町廻りにせよ、小園さんが殺された後となりゃあ自分の周りへの警戒はキッチリやってたはずだけどな。咎人がその警戒に気づかせねえほどの練達者《てだれ》だとなりゃあ、こいつはより一層褌《ふんどし》締めて掛からねえといけねえってことになりそうだな」

西田をはじめとする皆が二人のやり取りを聞いている中、室町と裄沢はそれぞれ己の考えに沈もうとしていた。

七

それからまた数日が過ぎた。本日裄沢が北の御番所の同心詰所へ顔を出したのは、午《ひる》を過ぎた刻限だった。

当然、外役の集う詰所の中の人影は疎《まば》らで、廻り方だと本日待機番の臨時廻り、柊と三上の二人がいるばかりである。

「すると、いまだ何ら手掛かりらしきものも得られてはおりませんか」

二日ぶりに現状を聞かんと立ち寄った裄沢の問いに、柊は溜息をつきながら応じた。

「おうよ。残念ながら、今んとこはまだ全くの梨《なし》の礫《つぶて》だな。捕り物騒ぎの最中に後ろから斎藤さんを襲った野郎についても、まぁだその場を目にしたって者《もん》どころか怪しい人物を見掛けたって者も出てきちゃいねえ。

そんでもって先に襲われた三人に斎藤さんを含めた四人のうち、いろいろ組み合わせた二人に絞って当たってみても、恨みを買うような繋がりはさっぱり見えてきやしねえ。

するってえと、あの四人に、あるいはあの四人のうちの誰かに恨みがある野郎ってえより、廻り方や町方自体に含むものがある野郎かって思いたくなるけど、そんなの、何の取っ掛かりもねえうちに洗い出せるもんじゃねえや。なにしろおいらたちゃあ咎人見っけて引っ括んのがお役目だ。みんながみんな心当たりを書き出したら、一人一冊帳面渡したって全員裏も表も真っ黒にして返してくることになっちまうぜ。そんな物《もん》、どっからどうやって手ぇつけろってんだってみんなして途方《とほう》に暮れるだけさね」

そんな話をしていると、詰所で休息を取っていた門前廻《もんぜんまわ》り同心の一人が横合いから口を出してきた。

「ホントに狙いたい人物は他にいて、これから襲おうとしてるなんてことはありませんかね」

門前廻りは、老中などの重職の自宅へ陳情《ちんじょう》や相談、挨拶回りなどで訪れる客の整理をするお役で、派遣される先が数多いために十人ほどの同心が配属されていたが、この刻限だと家の主《あるじ》たる重職は皆まだ登城中である。それでも家老や留守居役といった家臣へ取り入ろうとする者も少なからずいることから完全に暇になるわけではないが、さすがに主の登城前や帰宅後ほどに家の前が混雑することはない。

また重職とはいえ、その全員の屋敷の前で来客が長い列をなすわけでもなく、主の登城中は門前が閑散《かんさん》としているところだってある。そこで午《ひる》の間は人数を減らし、何人かは御番所へ戻っていたのだった。

門前廻りからの問い掛けに、柊はあっさり答える。

「芝居の筋書きとかだったら面白《おもしれ》えかもしれねえけど、いざ現実となりゃあ、いくら何でも考えすぎってモンだろうねえ――四人《よったり》も襲われた者がいて、しかもそのうちの一人ゃあ亡くなってるんだ。廻り方じゃねえお前さんだって、こんなことが知れ渡った後にゃあそれなりに用心してるだろ?

　町方に四度も手ぇ出して、まだ手掛かり一つ残しちゃいねえってほどに悪賢《わるがしけ》え咎人なら、そのぐれえの予測はつこうさ。わざわざ相手を警戒さしてから、ようやく目当ての当人に手ぇ出すことにするなんぞ、手前《てめえ》から失敗《しくじ》りてえって言ってるようなモンだしな」

　自分らの憧れるお役に長年就いている男が、気安く受け答えしてくれたのでいささか前のめりになって、さらに問いが発せられた。

「へえ。じゃあその目当ての当人ってえのに、いろいろと気ぃ回させせんのが本当の目的だったとしたら。なら、咎人の企みは図に当たったことになりゃしませんかね」

「もし、そんな程度の企みでこたびのことを始めたとしたら、三人目で小園さんを殺《あや》めちまったとこでもうやめてるだろうね。相手を不安に陥《おとしい》れようってえぐれえの気持ちで手ぇ出すにしちゃあ、人殺しなんて大罪はとっても割に合わねえ。そこまででやめときゃあ逃げ切れるかもしれねえのに、まだ続けてもし捕まったら『人を、しかも町方を手に掛けた』なんてことで間違いなく胴から首がおサラバする罪に問われるなんぞ、御免蒙《こうむ》りてえだろ？」

なるほどねぇ、と感心する門前廻りに、仲間から咎める声が掛かる。

「おい、いい加減にしねえか。柊さんたちゃあ難しい仕事に頭を悩ましてる最中だ。横合いからくだらねえ茶々入れて邪魔すんじゃねえ」

窘《たしな》めた者と、その言葉に反省した者がいずれも謝ってきそうになっているのを、柊は手を前に出して止めた。

「いや、バタバタしてるとこでちょっかい出されたんなら確かに困るけど、そっちの人が言ったとおり、おいらたちも手の打ちように困って悩んでたとこなんだ。仲間内で話し合ってても先が見えてこねえようなときゃあ、却ってこっちじゃあ思いつきもしねえことぉ余所《よそ》の人から言ってもらえると、そんだけで今まで見えなかった物《もん》が不意にパッと目に入《へえ》ってくるようなことだってある。

今の問答自体で新たに見つかったことがなくても、気持ちが切り替わるだけでもありがてえよ――ただし、中にゃあ悩んでイライラしてるとこへ話し掛けられると、そんだけで気分を害するような者もいねえわけじゃあねえからよ。誰を相手にするのかと、そんときの相手の機嫌はしっかり見てから口ぃ開くようにってこたぁ、お願いしてえな」

柊は穏やかな言いようで門前廻りの二人を宥《なだ》めるとともに、しっかり釘も刺している。その対応を見て、裄沢は秘かに感心していた。


「おうっ、邪魔するぜぃ」

そこへ、新たな闖入者《ちんにゆうしや》が登場した。見やれば町方装束が二人――と思ったが、その背後にもう一人、平服を着流した男もいる。いずれも裄沢とは面識がなく、おそらくは南町の者かと想像された。いや、後ろに立った一人だけは見憶えがあるか……。

気を張った様子で声を上げた先頭の男を柊が見て、意外そうに言葉を発した。

「こりゃあ、安木《やすき》さん――いってえこんなとこまで、どうしました？」

「急に押しかけてきて、悪《わり》いな。けど、北町《こつち》にもわざわざ南の与力番所まで押しかけてきて好き勝手書き連ねた手紙押しつけて帰《けえ》るような者《もん》も居《い》んだから、構わねえよな」

やってきて顔を合わせた途端の喧嘩腰《けんかごし》の勢いを黙って受け止めた後、柊は落ち着いて自分らの同僚と闖入者たちへ順に目をやった。

「ああ、こちらは南町の臨時廻りの安木さんと、定町廻りの——黒川《くろかわ》さんだったっけな？」

黒川と呼ばれた男が頷くのを見てから「それと——」と続けようとするところへ裄沢が口を出す。

「隠密廻りの南郷《なんごう》さんですね」

隠密廻りは定町廻りや臨時廻りと違って市中巡回することなどはなく、従って町回りの持ち場が重なったもう一方の町奉行所所属の廻り方と行き合うこともほとんどなかった。さらには吉原における面番所での立ち番も隔月で交替しているから、そちらでも接触する機会はあまりない。

ただし、毎月ではないがときおり月替わりの際に必要そうな情報や意見の交換を行うことはあるから、全く顔も知らぬということはなかった。本日裄沢が一瞬南郷のことを見誤ったのは、吉原で目にしたときよりずいぶんと印象が薄かったからだ。あるいはこうした己の気配を打ち消すような能力こそ、隠密廻りというお役を拝命する南郷が仕事の中で見せる本来の姿なのかもしれない。

「しばらくぶりになるかの」

南郷が、南北は違えど同じ役回りの裄沢に声を掛けてきた。

「ふた月ほど、引き継ぎがありませんでしたからね」

裄沢がそう応ずる。月替わりの際の諸事の伝達は、その必要がある場合だけでなく、顔繋ぎの意味も含めてできるだけ行うようにしている。しかし、上からの密命あれば何を措《お》いてもそちらに専従するのが隠密廻りという仕事であるから、そうそう機会が多いわけでもなかった。先月、先々月はいずれも「南町のほうの都合」という理由で、実施されてはいなかったのだ。

「ほう、裄沢さんってえなぁ、お前さんかい」

南の臨時廻りの安木が、思うところのありそうな目で見てきた。視線に、粘りつくような不快感がある。

安木は北町のもう一人の隠密廻りである鳴海のことは前から知っていて、今の南郷との会話から相手は北町の同職だろうと判断できたため、目の前の男が裄沢だと推察したのだろう。

「まだ廻り方になってどうにか一年経ったかという新米ですが、よろしくお願いします」

裄沢は穏やかに応じた。

裄沢に問うた安木は、ただ黙ったままこちらを見返している。その安木と定町廻りの黒川の視線からは、はっきりと敵意が感じられた。

　南郷にはそのつもりがないのか、目つきに棘《とげ》はない。

「で、安木さん。南町が三人も揃って、一体《いってえ》どうしなすった」

　凍《い》てついたその場の緊迫を打ち消そうと、柊が声を上げた。問われた安木は、視線を裄沢からはずすことなく応ずる。

「ああよ。こんだけ大層なことが立て続けに起こってるから、北の皆様はどうしてなさるかと、ちょいと様子を見にきたってとこさね」

　この返答に、柊は苦笑する。

「様子も何も、こっちとしても相も変わらず何の手掛かりも得られねえで、四苦八苦してるとこさ」

　その言葉に、ようやく安木の視線が柊へと移った。

「ほう、そうかい？　南じゃあ仲間の一人が殺されたってんで上を下への大騒ぎだけど、そちらさんは次の日にも御番所へ出てこれるぐれえの掠《かす》り傷《きず》負ったお人が一人だけだ――せいぜいお気軽にやってらっしゃるかと思ったんだけどな。実際、やっぱり今もここでノンビリくっ喋《ちゃべ》ってたようじゃねえか」

「……安木さん、何が言いてえんだ？　こっちゃあこっちで、懸命に探索に当たってる。そいつが信じられねえで、尻ぃ叩きに来たってかい」

さすがの柊も、これだけ嚙みつかれて黙っている気はないようだった。そこに、南郷が割って入る。

「おい安木さん。ここにゃあ、ただ調べの進展を聞くために行ってみようってことだったじゃねえか。そんな言い方だと誤解を受けそうだ。とてものこと、穏やかなご挨拶たぁ言えねえぜ」

しかし、安木に止まる気はないようだった。

「誤解ねえ。ホントにそうだったらいいんだけどよ」

「ナンか、引っ掛かるような言い方に聞こえんだが、どうしてだろうね」

「そいつぁお前さん方のほうに、心当たりがあるからじゃねえのか」

南郷は再び「安木さん」と制止の声を上げたが、安木は振り向きもしない。

「だってそうだろ。さっき一人死んでるって言ったけど、他の二人だってしばらくの間ぁ仕事に差し障りが出るぐれえの怪我ぁ負わされてんだ。ところがそっちゃあ、ほんのちょいと撫《な》でられたぐれえの御仁がたった一人だけってんだから、どうなってんだと眉に唾つけたくなんのも当然だろうが」

食ってかかる安木の隣で、定町廻りの黒川も口を開いた。

「そもそも最初に襲われたのが内藤さんだったってとこから、どっか妙な気はしてたんですよ。だってあの人は、その前からそちらと多少揉めてましたからね」

安木と違って口ぶりは落ち着いているが、それでも言葉の端々から内心の怒りが感ぜられる言い方だった。

北町のほうも、三上が口を出す。

「黒川さんとやら、その言い方ぁまるで、こっちの誰かが内藤さんに手ぇ出したって言ってるようにも聞こえそうだけど」

黒川を庇《かば》うように、また安木が前に出た。

「そんなこたぁ誰も口にしてねえだろ。けど、最初に襲われたのが内藤さんでそこそこの怪我を負わされ、次のそっちのお人はまるっきり軽く済んで、そん次の小園さんは命まで奪われた。今度の斎藤さんはそこまでじゃあねえけど、どういうわけだかまた狙われたなぁ南町《こっち》だ。

まるで、最初っから一貫してホントの狙いはこっちにあって、でもそれだけだと疑われそうだから、ちょいと手前のほうにも手は出してみた。たぁだ酷《ひで》えことする気ゃあねえから、ほんのちょいとそんなフリだけしてみせた――そんなふうなやりようだたぁ、思わねえか？」

八

「証《あかし》は？」

安木の言い分を黙って聞いていた柊が、ポツリと言った。

「証ぃ？」

「それだけのことを、こっちの目の前で堂々と口にしてんだ。なら、そうするに十分なだけの証はあるのかと問うてる」

仲間扱いをやめて突き放した柊の言葉を、安木はせせら嗤《わら》った。

「証、証ねえ――こっちに疑われてる野郎がそこいらの裏店《うらだな》の住人なら、とうに拘引《ひっくくっ》て責《て》め問《た》い《たい》に掛けてるとこだぜ。そいつをこうやって大人しくものぉ尋ねに来てやってんだ」

「大人しくね――でもな、遠回しな言い方してるつもりらしいそのお相手は、あんたの言う裏店の住人じゃあねえんだろ。なら、きちんと手順を踏まねえで勝手なことばっか口にすんなぁどうなんだろうなって、言ってやってんだが」

「そいつぁどうもありがてえ忠告《こった》だ。けどよ、そんじゃあ気持ちが収まらねえから、こうやってわざわざ面《つら》ぁ出してやってんじゃねえか。

よう、柊さんよ。おいらたちがこうやって手も出さずに我慢してるうちに、そっちでどうにかしたほうがいいんじゃねえのか。こっちゃあ仲間の命一つ奪われてんだ、おいらたちだって、いつまでも黙って見逃してるワケにゃあいかねえんだぜ」

「咎人が誰か、まるでおいらたちが判ってながら匿《かくま》ってるって言い方だな」

「そうじゃねえのかい」

「へえ。で、誰がやったって？」

「んなこたぁ言うまでもねえだろ」

「誰だい。そんでもういっぺん言うが、その証は？」

安木は歯ぎしりしながら睨みつけてきた。

「……有りゃあ、こんな大人しくしてねえ。けど、それにも限度があるっつってんだ」

「なあ、安木さん。それに黒川さんよ。お前さん方が誰のことぉ言ってってそうか、もちろん見当はついてる。けど、そいつが正しい見方だたぁ、どうしてもおいらたちにゃあ思えねえんだ。だから、どんだけお前さん方に強く迫られたって、そちらさんの言うがままに動く気になんてならねえぜ」

「……柊さんよ。その言葉、本気で口から吐き出してんのかい。そこまで言い切るからにゃあ、そいつはお前さんの独断じゃなくって、北町全体が南町へ向けた正式《きちんとした》な返答だと受け取るぜ」

「ああ、そう取るならそいでもいいさ。けど、そんならお前さん方が今やってるこたぁ、南町全体の考えに基づいての振る舞いだってことでいいんだな？　おいらに北町全体を代表する権限なんぞねえことは、そっちだって先刻ご承知のこっちゃねえのか？

ただ言っとくが、言《げん》を左右にして逃げを打つ気はねえ——お前さんが口にしたようなことぁ正しい見方だたぁ思っちゃいねえってこたぁ、北町《こっち》の廻り方の総意として お前さん方へ正式に返答したと受け取ってもらって、全く構わねえよ」

「ホントにそんなもの言いしてていいのかい。ただじゃ済まねえことんなるぜ」

脅しに等しい言葉を吐いて、その顔を裄沢へ向ける。

「おう、裄沢さんよ。お前《めえ》さん、さっきっからずっと黙ってるけど、そんで済むのかい。手前《てめえ》で好き勝手やっときながら、その尻拭《しりぬぐ》いはみんな先達の廻り方に任せちまって、お前さんはそうやってずっと陰に隠れてるつもりかい？」

裄沢は安木の挑発に乗ることなく、普段の調子で平静に答えた。

「陰に隠れているつもりならば、移動《うごき》もせずにこうやってあなた方の前でやり取りを聞いていたりはしておりません。が、俺の行動が因となって南町の方々にあらぬ疑いを抱かれてしまったのは、反省すべきだと思ってはおります」

自分の言葉に反応しかけた安木を押して、裄沢はさらに続ける。

「ですが、それでやってもいないことをやったと認めるとすればそれは大いなる間違い。認めたことで俺が処分を受けることになるのは受け入れられても、それがために町方を四人も害し、うち一人の命まで奪った本来の咎人の罪を暴《あば》かずに終わることは、町方の一人としてとうてい認めがたいことだからです」

「へえ、ずいぶんとご立派な御託《ごたく》を並べてるけど、要は認める気もなきゃあ、反省して身を慎む気も謝罪する気もねえってこったろ——こぉの屁理屈野郎っ、それでこっちの気が済むとでも思ってんのかっ！」

大声で怒鳴りつけられたが、それでも裄沢はいささかも怯《ひる》む様子を見せなかった。

「俺も廻り方の一人、探索をお役目とする者であるからには、そうすべき理由もないのに身を慎んで仕事を控えたり、仕事をする上で足枷《あしかせ》になるような言動に及んだりすることは致しかねます。

ただ、それではそちらの気が済まないと仰《おお》せならば、どうぞ好きなだけお調べください。俺に怪しい振る舞いがあるかどうか、何人かピッタリ張り付けておらば、そのうちに判っていただけるでしょうから」

「……へっ。はっきり疑われちまったから、もうこれで仕舞《しめ》えにしようって魂胆《こんたん》かいね。まあ、そんならこっちがいくらお前さんを見張ろうったって何にも出てきやしねえだろうし、そのまんま進展がなけりゃ有耶無耶《うやむや》のまんま幕引きだろうって算段してるかもしれねえけどな。でもよ、絶対《ぜってえ》そんなこっちゃ終わらせねえぜ。どんだけ掛かったって、必ず暴いてみせるからよ」

「このまま終わるか……そうですね。ぴったり俺に張り付く人を用意したなら、あるいは襲われる人はもう出ないかもしれません」

「！　お前《めえ》、そいつぁ――」

「襲われたのは北町が一人だけで南町は三人。しかも北町の一人が軽傷だったのに対して、南町のほうは死人まで出るほどの重い怪我を負わされている――偶々そうなったのかとも思っていましたが、実はそうではないかもしれないというお話には、感心させられるところがありました」

馬鹿にしているのかと怒鳴りつけようとした安木に、裄沢は表情を変えることなく淡々と続ける。

「もし、南町とは違って北町が一人だけで、しかも軽傷であったことに何らかの意味があるなら、皆さんが俺を監視している間に襲われる者が出ないだろうという推測は、確かに成り立ちそうな気もします。ですが――」

そう言っていったん口を閉ざした裄沢の真剣な表情に、安木はなぜか口にしようとしていた言葉が出なくなる。

代わりに裄沢がさらりと告げた。

「その際には、実は別な理由でそういうことになっていたのではという、新たな疑念が浮かび上がってきそうですね」

「手前《てめえ》……その言《い》いよう《そりや》はいってえ、何の誤魔化《ごまか》しだ」

安木は低い声を出したが、その口吻《こうふん》は一転して先ほどまでの迫力を欠いていた。黒川も、掛ける言葉が見当たらず口を出せずにいるようだ。

そこへ、南郷がようやく割り込んできた。

「今日は、難航してる探索が北町じゃあどれだけ進んでるかを教えてもらいに来たんだ。その目的は、十分果たせたろう。これ以上は、こちらさんの仕事の邪魔んなる。そろそろお暇《いとま》しようじゃねえか」

安木はまだまだ言いたいことがあるようだが、南郷に目で促された黒川に宥《なだ》められ、南郷からは肩に手を置かれて、どうにか外へと連れ出されていった。

三人の最後になって詰所の出口で立ち止まった南郷は、振り向いて北町の面々に頭を下げる。

「どうも申し訳なかった。十分言い聞かせてから連れてきたつもりだったけど、どうやらまだまだ足りなかったようだ」

「南郷さんも、苦労していなさるようだねえ」

柊が、苦笑しそうになる表情を堪《こら》えつつ言う。

「南町ん中でどうにかしなきゃいけねえんだけど、どうにもそれじゃあ抑え切れそうになくてな。暴発した野郎が勝手に乗り込んで大立ち回りするよりゃあ、こうやって紐《ひも》付きで連れてきたほうがまだマシだし、いくらかでも溜め込んだものを発散させることとんなるかと思ったんだが。

どうやら事前の段取りで大分失敗《でえぶしくじ》っちまってたようだ。ずいぶんと迷惑を掛けて——特に裄沢さん、あんたにゃあたいへんに申し訳ないことをした。このとおりだ、勘弁してくんねえ」

歳もかなり下で廻り方としての経歴も自分よりずっと短い相手、さらにいえば南町が今の混乱に陥っている原因を作ったともいえる男へ、深々と頭を下げてきた。

これに対し裄沢は、安木と対していたときと変わらぬ調子で答えた。

「いや、どうかお直りください。俺のほうも、安木さんから様々なご指摘をいただき、新たに見えてきたこともありましたので。これで今まで滞《とどこお》っていた探索も、いくらかは進んでいくやもしれません」

頭を上げた南郷はじっと裄沢を見る。「それはどういう意味か」と問いたそうだが、南北それぞれが同じ件を探っているとなればどうしても競合の意味合いが生じるし、何より先ほどまでの仲間の物言いを思えばこれ以上厚かましいことはできないと考えたのだろう。出てきた言葉は、しごくあっさりとしたものだった。

「そう言ってもらえると助かる。では御免」

小さく頭を下げ直し、北の臨時廻りの二人にも目顔《めがお》で挨拶して、先行した二人の後を追って退出していった。

その姿が見えなくなるまで黙って見送っていた柊が小さく溜息をつく。

「あの人も、苦労人だねえ」

「まるで、ウチの室町さんみてえだな」

三上がそう相鎚《あいづち》を打った。

「まぁ、やり方ぁ失敗っちまったんだろうが、皆が揃った打ち合わせんときに乗り込んでこさせなかったのは、南郷さんなりの気遣いだったんだろうねえ」

柊の視線が裄沢へと向けられる。

「ところでお前さん――」

先ほど、頭を下げてきた南郷への返答はどういう意味か、と問おうとしたのであるが、その言葉は裄沢に遮られた。

「柊さん、お願いがあるのですが」

「願い？」

「ええ。俺では十分な伝手《つて》がありませんし、それを強引に突破しようとしたらまた拗《こじ》れることになりかねませんので」

「……いってえ、どんなことだい」

裄沢は、柊にやってもらいたいことを伝えた。

「ふぅん。まあ、多少は気ぃ遣わねえといけなさそうだけど、向こうさんのほうにあんだけ強《つえ》えもの言いしてくるようなお人が出たんだ。やり方さえ間違えなきゃあ、こっちからその程度のことぉ問うたって、目くじら立てて文句つけてくるようなことにゃあならねえだろ」

「できるだけ、今日来た安木さんたちには知られないようにしてもらえればと思うのですが」

「当然、連中に直接問うようなこたぁしねえさ。売られた喧嘩を買ったんだと受け取られかねねえからな。南郷さんは、まず安木さんたちが余計なことまで口走らねえようにってついてきたんだろうけど、まああのとおり、十分気をつけてたはずの勢いを止められねえ始末だったしな。たぶん大丈夫《でえじょぶ》だろうたぁ思うけど、そっちも信用まではしねえで置《お》かぁ。

　なに、今日ここでのこたぁどうせ向こうさんにゃあ伝わるんだ。連中の中にだって、十分落ち着いてて公平な見方ができるお人も一人ならずいるはずだし、そうしたお人なら申し訳なく思って、こっちがそういうことを尋ねんのも疑うべき先を減らすためだってきちんと理解してくれるはずだから、さして難しいこっちゃねえよ」

　同心詰所の中でなされたやり取りは、どういう言い回しになるかはともかく当然南町の廻り方に報告されるだろうし、その際の安木らの態度から、おおよそ何があったかは推察してもらえるだろう。

さらに先ほどのことは、ここを集合場所《たまりば》とする他の外役の面々にも見られている。あれだけのことがあった以上、そうした者から近所付き合いや親戚付き合いを経由して南町の廻り方にも伝わるはずだ。聞いた南町の廻り方の反応は様々であろうが、話の中身からして知らずにいる者が出るとは思えず、そうした中からの人選を柊が間違うとも思えなかった。

裄沢は、ふと眉を顰《ひそ》めた。

「しかし、南町にあそこまで思い込んでしまっている人がいるのに、俺はこのまま好きに動いていていいものか……」

裄沢の懸念を、柊は笑って否定した。

「そりゃ、お前さんが安木さんに返答したとおりだろう——お前さんも廻り方の一人だ。探索をお役目とする者であるからにゃあ、そうすべき理由もねえのに身を慎んで仕事を控えたり、仕事をする上で足枷になるような言動の控え方をすることは致しかねていいんだよ。

もしお前さんを北町奉行所《このごばんしょ》の中で見張りながらすっこませるようなことぉして

る間に、また誰か襲われるようなことになってみろい。あの安木さんのこったから、お前さんを庇い立てするために北町の誰かがやらせた芝居に違《ちげ》えねえなんて大騒ぎしかねねえぜ。

さっきのこたぁいちおう内与力の唐家様にゃあお伝えしとくことんなる。まぁ、そいでお奉行様や唐家様からお前さんへナンか言ってくるたぁ、とうてい思えねえけどよ」

穏やかに告げて、裄沢の懸念を払ってくれた。脇で話を聞いていた三上も、頷いて同意を示していた。

九

南町の廻り方三人が北町奉行所へ乗り込んできてから数日後。その日非番の裄沢は、普段着の着流し姿で午《ひる》をだいぶ過ぎてから己の組屋敷を出た。

八丁堀から霊岸橋《れいがんばし》で霊岸島《れいがんじま》へ、さらに湊橋《みなとばし》で永久島《えいきゆうじま》へと渡った後、永代橋《えいたいばし》で大川を越えて深川へと至る。

永代橋を渡ってすぐに南へと折れ、相川町《あいかわちよう》と熊井町《くまいちよう》の境の丁字路《ていじろ》を東へ曲がったところからすると、どうやら深川で最も賑わいのある寺社、永代寺《えいたいじ》や富岡《とみがおか》八幡《はちまん》のあるほうへ向かっているようであった。

休日らしい振る舞いというべきか、裄沢は屋敷を出てからずっと、まるで周囲を気にすることなくのんびりと歩いている。周囲にはとにかく参拝人や物見遊山《ものみゆさん》の人々が数多くいるが、そうした者らに注意を払う様子もない。同じ方角へと足を向け、あるいは目的を終えて行き違う人々との間を抜けて、独り前だけを見て足を進めていく。

福島橋《ふくしまばし》を渡って永代寺に繋がる大通りに達し、八幡橋《はちまんばし》を越えて一《いち》の鳥居《とりい》を潜《くぐ》った裄沢は、永代寺門前山本町《もんぜんやまもとちょう》では数少ない己の出入り先である錦堂《にしきどう》に立ち寄ることもなく、永代寺や富岡八幡の境内《けいだい》へと続く大鳥居《おおとりい》の前も通り過ぎてしまった。

さらには八幡宮《はちまんぐう》奥の三十三間堂《さんじゅうさんげんどう》も左手に見て行き過ぎると、さすがに人の姿も少なくなってくる。汐見橋《しおみばし》で堀を越えて入船町《いりふねちょう》に至れば、もうそこは特別な賑わいはない、江戸の中ならそこいら中に見られるごく当たり前の町並みとなっていた。

裄沢は何を思ったか、通りから脇道へと曲がり、板塀に囲まれた空き地へと踏み入っていった。空き地の周囲は、残る三方も板塀が囲んでいる。こんな場所は子供らが目をつけて遊び場にしていておかしくないのだが、界隈で幽霊話でも広まっているのであろうか、なぜか人気《ひとけ》が全くなく閑散としていた。

空き地の奥まで歩いて行った裄沢は、そこでくるりと振り返った。己が入ってきた板塀の途切れたところ、唯一の入り口がある脇道のほうへ正対すると、誰もいないはずの入り口に向かって声を上げる。

「南郷さん。いつまでも隠れていないで、そろそろ出てきたらどうですか」

そのまま待っていると、一拍遅れて脇道の板塀の陰になっているところから、裄沢の言葉どおりに南町奉行所隠密廻りの南郷が姿を現した。

「驚《おでれ》えた。まさか、気づかれてるとはな」

言葉とは裏腹に、動じた様子もなくそう口にする。

「ここ何日か、ずっと俺を尾《つ》けていたでしょう」

「……そこまで見当《あたり》をつけたってかい。やっぱり大《てえ》した御仁だね――安木さんたちがあのとおりだったんで、そのまんま放っとくわけにもいかなくてよ。しばらくお前さんの様子を探って何にもねえと判ったなら、あの人らも得心するだろうってこってな。そっちからぁどう見えたかは知らねえけど、悪気あってのこっちゃねえんだ。どうか勘弁してくんな」

あっさりと頭を下げてきた。

「そうですか。それにしては、俺を尾けるときのあなたの目つきがどうも剣呑《けんのん》だったようですが」

淡々とした言葉に含まれた棘《とげ》に、南郷の口元がわずかに強張《こわば》る。

「そりゃあ、どういう意味だい――お前さんが咎人じゃねえのを確かめるってことだったなぁ確かだが、もし次に狙われんのがお前さんだったらって思いもあったからな。厳しい顔はしてたかもしれねえ。

それにしてもお前さん、ほとんどが南町の者たぁいえ、廻り方が四人も襲われてるっつうのに、碌《ろく》な警戒もせずにここまでたった一人で歩いてきたなぁ、ちょいと不用心じゃねえのかい――まあ、おいらが尾けてんのを今日の頭のほうから気づいてたってんなら、間抜けなおいらが警護役やらされてたってことかもしれねえけどよ」

「このごろの南郷さんの動き方は別にして、南町の皆さんが懸命に仲間を襲った咎人の探索に当たっていたことは知っています。けれどそれは南町に限ったことではありませんし、俺も俺なりにできることはやっていたのです」

急に別のことを言い出した裄沢へ、南郷は不可解そうな表情を作った。裄沢は構わず続ける。

「たとえば、自分でやったら角《かど》が立ちそうなので人に頼んだのですが、四人が襲われたそれぞれの日にいずれも非番だった廻り方が南町にいなかったか、訊いてもらったのですが」

「南町の、しかも廻り方に咎人がいるって？」

さすがに、裄沢を見る目が鋭くなる。

「ええ。先日の安木さんの話を受けて、その疑いは持ったほうがよいかと思いました――最初の内藤さんのときは御番所へ帰ろうとするところを咎人が偶々見掛けたからで、二人目の藤井さんや三人目の小園さんのときは飲んだ帰りでしたから、そこまでなら南町の廻り方でなくともできたかもしれませんが、四人目の斎藤さんのときには事情が全く違います。

斎藤さんは定町廻りの捕り物に立ち会い、騒ぎが起こった中で皆がそちらに気を取られている間に襲われました。最初の内藤さんのときに続き、咎人が偶々そんな機会に恵まれたというのは、どうにも都合がよすぎます」

「内藤さんのときはともかく、咎人は斎藤さんを尾けてたからそんな機会を得られた、ってだけのことじゃねえってか」

「捕り物に普段から慣れているような者でなければ、その最中に騒ぎが起こったなら自分もそちらに目を奪われていたはずです。なにしろ、何が起こったのか判らぬままでは、一つ間違うと襲い掛かったその場で捕らわれることになってもおかしくはないのですから。

そしてもし斎藤さんを襲った咎人自身が捕り物に手慣れた男ならば、そのとき捕まったコソ泥のような者がどんな振る舞いをするかもよく知っていて、逃げ出そうとする筋道を立ててやった上で捕まる直前に知らせる——つまりは事前に騒ぎが起きるようにお膳立てすることもできたかもしれません」

「……だから、騒ぎが起こってる中、落ち着いて狙った相手を襲えたってか。南町の捕り物を事前に知っててそれだけのお膳立てができたとなりゃあ、確かに北町の者《もん》じゃなくって南町になんだろうな。

で、お前さんの言う、四人が襲われたいずれの日も非番だった者《もん》が、南町《うち》の廻り方にいたのかい？」

「いいえ。最初の内藤さんと四人目の斎藤さん、このお二人が襲われた二日間だけをとっても、いずれも非番だった人は一人もおりませんでした」

「ならお前さんの考《かんげ》えは――」

「この事実によって、さらに咎人が誰かを絞り込むことができました」

「⁉」

「定町廻りや臨時廻りが御番所に出仕した場合は、必ず市中巡回に向かうか待機番で若同心詰所に居続けるかで、いずれも人を尾ける余裕などありませんから、町回り帰りの内藤さんや昼日中《ひるひなか》に捕り物で出役した斎藤さんを襲うことはできません。斎藤さんが立ち会った捕り物を主導した定町廻りは当然その場にいましたけれど、無論のことコソ泥が逃げ出したのを追い詰めるのに掛かりきりで、斎藤さんを後ろから襲うようなマネはできませんし。

　藤井さんを襲うにも、夕刻の打ち合わせが終わったところから尾けていなければ無理だったでしょうから、同じほどの刻限に四半里（約一キロメートル）以上離れた南町奉行所で打ち合わせを終えた者には不可能でしょう」

「なら――」

「でも、定町廻りでも臨時廻りでもない廻り方なら、できますよね？　三廻りの残る一つのお役、隠密廻りには市中巡回も詰所での待機番も求められておりませんし、必ずしも打ち合わせに立ち会う要もありませんので。

探ろうと思えば誰に疑われることもなく、自分と同じ御番所に勤める定町廻りや臨時廻りの動静を簡単に知ることができる――南町で襲われたのが三人もいるのに対して北町はたった一人だったというのは、襲う対象を完全に南町だけに絞ったのでは己の意図がバレかねないため、どうにか一人だけは手をつけた。けれどさすがに見も知らぬ者を巻き込むのはいくらか気が引けたから、思った以上に手加減してしまった――それが、一人の軽傷と死人を含む三人の軽くはない怪我に分かれた真相だったかもしれませんね。

そして四人目《さいとうさん》のときは、捕り物がいつどこで行われるかも容易に察知でき、その捕り物自体にも慣れているから、これから何が起こってどういう推移を辿っていくかを自身で操《あやつ》ることができたし、その捕り物に立ち会い全体を俯瞰《ふかん》するためにいくらか離れて見ていた臨時廻りの背後へ秘かに忍び寄り、当人を含めて周囲が騒ぎに気を取られている機会を逃すことなくしっかり摑むことも造作《ぞうさ》なく行えた――俺と同じ隠密廻りなら、間違いなくできることとです」

「……俺が、小園さんを殺し他の三人に怪我ぁ負わせた咎人だってえのかい」

「違ってますか？　否定されるならそれでもいい。けれど、この考えを皆に話したなら、疑いも持たれずに済みましょうか？　こたび南郷さんはかなり上手く立ち回っておられましたが、さすがにコソ泥が捕らえられる寸前で逃げ出すのを助けるためには、それなりの手立てを講じたはずです。南北の廻り方が本気で探しても見つけられないほど、その痕跡《こんせき》を綺麗に消している自信はありますか？

そして、それだけではないでしょう。もしわずかでも疑いが掛かれば、もう南郷さんは動けなくなる。それで済むほど、あなたにときは残されておりましょうか」

どういう意味だ、と訊くのが普通であろうが、南郷はまるでそれを回避するように別のことを問うた。

「南北の御番所に、隠密廻りは二人ずついる。たとえお前さんの推測が当たってたとしても、別においらだ《たあ》とは限らねえだろ」

「南郷さんのほうが怪しいと考えたのは、安木さんや黒川さんが我ら北の御番所へと乗り込んできたときに、ついてきたのがあなただったからです。最初は、安木さんたちが暴走しないように、お目付役兼宥《なだ》め役《やく》として同道されたのだと思っていました。あなた自身があの場で説明されていましたけれどもね。

しかし、あなたはその役目を半ば放棄していた。本当ならば安木さんが余計なことを言い出したときに、すぐに制止するのが役目だったはずなのに、あそこまで暴言を吐き散らすのを放置した。それは、こちらには本来の意図を知らせることなく、南北双方がいがみ合うよう、その場にいて上手く調節することがあなたの本当の目的だったから」

「なんでおいらが、そんなことをしなくちゃならねえ」

「ときを稼ぐため。それがあなたの本当の目的だったのでしょう？」

「………」

十

「俺が南町のお奉行様に意見具申《ぐしん》したのがきっかけとなって——いや、本当の契《けい》機《き》は南町の吟味方本役与力がとんでもないお裁きを下したことにあったのでしょうけれど——ともかく、そのことで先々代から二代に亘《わた》ってお奉行様が短期で交代することにより引き起こされた混乱を修正すべく、ようやく本腰が入れられるようになった。廻り方についても、これまでだいぶお座なりだった費用の使《つか》い途《みち》などに、年番方《ねんばんかた》（町奉行所で人事や経理などを担当する部署）からかなり念入りな調べが入ることになったそうですね」

「……北町がどうかは知らぬが、南町の廻り方には、さほど公金は入ってきてはおらんぞ」

普段のべらんめえを忘れたか、南郷は堅い口ぶりでそれだけ言った。

「そうですね。廻り方は町の治安を守り《日ごろの仕事ぶりや》普段からの付き合いもある《町の衆の目によく触れている》ことから出入り先《何かあったときに頼る先》となることが多いわけですが、そうした出入り先から付き合いとして贈られる合力金の類《たぐい》を全て合算すれば多額になっても何も言われないのは、そうして得た金を奉行所が出す公金の代わりに探索や御用聞きらへの小遣いとして消費していることを、上が判ってくれているからです。

けれども、隠密廻りについては少々事情が違ってくる。隠密廻りに転じる前の定町廻りであったときに出入り先になってくれたところは残っている見世なんかもあるでしょうが、いざ密命が下されたとなれば、たとえ出入り先から深刻な相談を受けていたとしてもそちらを捨てて、下された命のために動かなければならないことになる。しかもそれが密命である以上、相談を持ちかけてきた相手に下手な弁解をすることもできない。手助けできない自分の代わりに別な廻り方を差し向けることぐらいはできましょうが、そうなれば相手は肝心なときに役に立たない隠密廻りより、代わりにやってきた廻り方のほうを頼るようになってしまう。普段からこまめな埋め合わせに努められるならそれでもどうにかなるかもしれませんが、市中巡回をする立場でなくなった以上、頻繁《ひんぱん》に顔を見せて様子を見て回るという気遣いもそうそうやれることではなくなってしまう——どうしたって、隠密廻りに従事する歳月が長くなれば長くなるほど、出入り先との付き合いは次第に薄れてしまうものでしょう。

　上のほうもそれが判っているから、合力金が以前ほど入らなくなる代わりとして、密命を下すことを前提に、隠密廻りには定町廻りや臨時廻りには下げ渡されないほどの額の公金が預けられることになる」

　隠密廻りに下される密命のほとんどは、多かれ少なかれ政《まつりごと》関連の思惑が絡《から》んでいる。従って、市井《しせい》で発生し定町廻りや臨時廻りが取り扱う事件とは異なり、万が一にも「探索費用の調達を自助努力任せにしたために欠乏《けつぼう》を生じさせてしまった」というような事態を引き起こすわけにはいかないのだ。

　北町では、お奉行から密命が発せられるたびに唐家と面談した上で相応の金が渡されることになっているが、混乱が続いた南町にその余裕があったであろうか。先代、先々代の町奉行が健康上の理由から長くは勤められないとなった際、奉行とともに南町奉行所から去って行くことになる内与力《お奉行の家臣》はすっかり別なこと《今後のお家のほう》へ関心が移っていたであろうし。すると今の町奉行《ねぎしさま》が着任した折に、同時にお役に就いた内与力が前任者から「本来あるべき隠密廻りへの支出の仕方」について、どれだけまともな引き継ぎが行われたかも怪しいことになろう。

　町奉行所の与力同心は、内与力を除いて親子代々皆が同じ奉行所に出仕することから、たとえ直接の引き継ぎがなくとも《担当者が急死するような事態が起こっても》仕事が断絶するようなことにはほとんどならないのだが、隠密廻りへの公金支出については密命《秘密厳守》が絡むため、当時の南町なら例外《完全》的な扱い《内与力任せ》になっていたとしても不思議ではないのである。

「こたびの一連の混乱で、細やかな配慮が行き届かなくなった年番方からは、ある程度纏《まと》まった公金が以前より毎年のように預けられていたのではないですか。そしてそれは、もう一人の隠密廻りより年齢も上で今のお役での経歴も長いあなたが管理を任されていたはずだ——南郷さん。二人いる隠密廻りのうち、あなたのほうが疑わしいと考えたのは、それも理由です」

「……………」

「預かった多額の公金を、あなたが何に使ったか、そこまでは存じません。あるいは米や銭の相場に手を出して痛い目を見たか、あるいはどこぞの女郎に入れ上げるとか隠れて妾《めかけ》でも囲っているとか、それとも探索で変装して潜入した先の博打場で賭けごとにのめり込み、その仕事が終わった後もやめられずにズルズルと通い続けているとか、いくらでも考えられますので。いずれにせよ、ほんの少し調べたならば、どのような金の使い方をしたかはすぐに判明するものと考えています。

そのようにして公金に穴を開けたあなたは、年番方の調べが入ると聞かされて大いに焦《あせ》った。どうにかしようにも、簡単に埋められるような額ではなかったのでしょうね。手詰まりでどうしようもないという思いがいよいよ極《きわ》まったとき、窮《きゅう》余《よ》の一策として浮かんだのが、何か騒動が起きることによって廻り方全体が年番方の確認を受けるだけの余裕をなくしてしまうことだった。

そしてあなたに選ばれたのが、内藤さんだった。なぜ内藤さんが選ばれたかの事情までは存じません。内藤さんは仕事終わりには周囲への注意が疎《おろそ》かになりがちなのをあなたが知っていたのか、あるいは単に反《そ》りが合わないのが内藤さんだったのか、それとも内藤さんにはあなたに嫌われるような何らかの振る舞いでもあったのか——。

いずれにせよ、あなたは本来の仕事を放棄して内藤さんに狙いを定め、人目のないところで襲い掛かった。そしてあなたの企みどおり、年番方による調べを先延ばしすることに成功した。

ところが、実際に内藤さんを襲ってみると、自身では思いもしていなかった効果が現れた。それまでの内藤さんの行動から、対立した北町——特に俺との諍《いさか》いが襲われた理由ではないかとの憶測をする者が現れたことです。南郷さんにしてみれば、予想外の収穫となったことでしょう。なにしろ、襲われた騒ぎに南北の角突《つのつ》き合《あ》いまで絡んでくれば、ますます年番方の確認を受けている余裕などなくなるのですから。

藤井さんが襲われることになったのは、おそらくこれが理由だったのでしょう。俺に疑いを掛けた人からすれば、『北町の仲間にも危害を加えることで、自分が疑われるのを避けようとした。だから、藤井さんは軽い怪我だけで済んだのだ』という考え方をしたようですが、たぶん南郷さんの狙いはそれだけではなかったのでしょうね。南郷さんは、北町もしっかり巻き込むことで、『自分らの仲間も怪我させられてるのに北町が南町から疑われているのは理不尽だ』との思いを我らに抱かせ、南北の諍いをただ燻《くすぶ》っているだけのところから深刻さの度合いを深めようとしたのではありませんか？

そして次の小園さんについては、襲おうとしたところで気づかれそうになって、つい力が入ってしまったのかどうか、命まで奪ってしまうことになった。あるいは小園さんはあなたのことを疑っていて、あの場に引きずり出して自らの罪を南の御番所へ出頭《もうしで》るよう説得するつもりだったのかもしれませんが」

　裄沢がそう口にしたとき、それまで余裕の表情を取《と》り繕《つくろ》っているのかわずかに微笑を浮かべていただけの南郷の表情が、微妙に動いたようにも見えた。

「もしおいらが小園さんを襲って顔ぉ見られたとすりゃあ、一撃だけで済まさずに止《とど》めぇ刺してたはずじゃあねえのか」

「南郷さんはいったんそうしようとして、しかしすんでのところで思い留まったのではありませんか？　もしやってしまって、『顔を見られたから止めを刺したのでは』と、廻り方の中でそんな見方をされるようになれば、『咎人は小園さんの知る人物、しかも夜中に一瞬で己のことを知られたとその咎人が感じたとすれば、よほどに親しい者ではないか』、そう考えられてしまってもおかしくありません。それでは困るから、さらに手を出すのは控えたのでしょう？

　しかし、相手を襲った直後の一瞬でそこまで思い至るのは、探索に携《たずさ》わる者の考え方をよく知っている人物。そして、一撃だけで放置したのは『先の一撃だけでもまずは救《たす》かることはない』と判断できたから。相応に腕が立つばかりでなく、実際の闘争の場に立ったことのある者でなければこうした判断は難しい――あなたが疑われてもおかしくない理由が、もう一つ加わりましたね」

無言になった南郷に、裄沢は構わず続ける。

「しかし小園さんを殺してしまったことは、必ずしも南郷さんにとって不利には働かなかった。探索に従事する皆の真剣さが増し、にもかかわらず結果が捗々《はかばか》しくない分だけ北への疑念が膨《ふく》らんでいったからです。

実際、もう一人南町で襲われる者が出て我慢しきれなくなった安木さんらが、北町へ乗り込んできて憤懣《ふんまん》をぶちまけるようなことが起こった。あなたは、その場に立ち会って、安木さんにはしっかり言いたいことを言わせてこちらの反感を煽《あお》り、しかしながら完全な決裂までには至らぬところで上手く収めた。対立がどうしようもないところまで進んでしまえば、上からの働き掛けで無理矢理にも収束させられてしまうかもしれないから。紛争をできるだけ長引かせたいあなたにとっては、簡単に終息してもらっては困る。ずいぶんと上手い落としどころに落ち着かせたものだと感心させられましたよ。

けれど、さすがのあなたも、安木さんたちを乗り込ませたことでおちおちしてはいられなくなるとは思っていなかったのでしょうね。安木さんが思いの丈《たけ》をぶちまけた後で、俺が『そういう見方があるとは大いに参考になった。これにより、別な疑念が浮かび上がってきたようにも思える』と解釈できる言いようをしたのを聞いて、もしかしたらという不安が湧き上がったのではないですか。だから、俺を尾けることにした。そして、ご当人としては不本意でしょうが、今このように俺と真正面から向き合うことになった」

どうですか、という顔で見やってきた裄沢へ、表情を押し殺した南郷が低い声で返す。

「ずいぶんと好き勝手な御託を並べてくれたな。裄沢さんよ、そんなに人を貶《けな》すようなことを得意げに並べて、ただで済むと思ってんのか」

「ええ。先ほども言いましたが、このままではどうしようもなくなるのは南郷さんのほうですから。いろいろと金策はなさったのでしょうけど、どうにも上手くいっていないのですよね」

「勝手な思い込みを……」

「そうじゃないんですか？　だから四人目の斎藤さんのときは、もうみんなが警戒して簡単に手出しなどできそうもない中、捕り物の最中という誰に見つかってもおかしくない場で襲うといった大博打を打つしかなかった。そんな無理をしてでも新たな騒ぎを引き起こさないと、年番方による調べが避けられぬほど差し迫ってきていた。

安木さんらが北町へ乗り込もうとしていることに対して、周囲からは制止する声が大きかったはずだ。それをあなたは、『溜め込んだものを多少は吐き出させてやったほうが、そのまんまにさせといて爆発しちまうよりはマシだから』などと言って皆を説得し、自分が面倒を見るとしてついてきた。そこまでして南北の緊張状態を高めようとしたのも、年番方による調べを少しでも先延ばしにするための手立ての一つだった。

どこまで効果があったかは存じませんが、もうそのぐらいしか打つ手がなかったのではありませんか？　すでに実際には、何をやろうと本当にただの悪足掻《わるあが》きにしかなっていないのに、目を背《そむ》けてわずかなときを稼ぐことに執心《しゅうしん》し続けている。けれどそんな小手先の小細工が、どうしようもない大罪を犯すことに繋がったのです。もうこのへんで、みんな終わりにすべきじゃあありませんか」

南郷は、ふうっと大きく息を一つ吐いて、知らず知らずのうちに肩に入っていた力を抜いた。

「ああ、確かに二進《にっち》も三進《さっち》もいかなくなっちまってた――つい、先ほどまではな」

　桁沢を見るその目には、熱に浮かされたような冥《くら》い光があった。が、桁沢は動じない。

「ここで俺を殺せば、また騒ぎになって年番方による確かめは延びますか。けれど俺が死んだら、疑いを掛ける先がなくなってしまいますよ」

　即座に相手の意図を察した桁沢がそう反論する。南郷は、もう己の秘密《ひめごと》を隠そうとする気が失せてしまったようだった。

「しかし、これでまだときは稼げる。その間に、どうにか上手い手立てが見つかるやもしれぬ」

「そろそろ諦めたらいかがですか。もうこれ以上罪を重ねても、あなたにとって何の益にもなりませんよ」

　こちらの意図を判っているはずなのにずいぶんと落ち着いている桁沢へ、南郷は訝《いぶか》しげな目を向ける。

「……お前さん、怖ろしくはねえのか？」

　桁沢という北町の同心は、口は達者だが腕は立たないという評判を聞き込んでいたから、名を呼ばれたとき素直に姿を見せてやったのだ。その後に話をしばらく聞いてやったのも、当人以外にどれだけの者がどこまで知っているのかを探るためだった。

けれど、もういい。他にどれだけいようとも、とにかくここまで知られてしまった相手には絶対に消えてもらうしかないのだ。

南郷に殺気を当てられているはずの裄沢は、しかしわずかな恐《おそ》れ気《げ》も見せずに真っ直ぐ見返してきた。

「なぜ、こんなところへあなたを誘い込んだと思われます」

「誘い込んだ……俺が尾けているのに気づいたのは、今日が初めてじゃあなかったと？」

「ええ。あなたが安木さんらとともに我らの御番所へ乗り込んできてから、俺が一人で出歩くときは必ず、少なからぬ人目のあるところばかり歩いていたでしょう？　それは、あなたに対して用心していたからです。

そして、ほぼ毎日のように朝か夕刻の廻り方の打ち合わせに顔を出していた」

「そいつは、町方襲撃の探索がどこまで進展しているかを聞くためだろ」

「それが眼目《がんもく》だったことは確かですが、それ以外に俺を尾ける者がいないか、確かめてもらうという目的もありました。何刻ごろどこそこを通るからと、当日の朝に、あるいは前日の夕刻に告げておけば、さほど負担を掛けずに見張っていてもらえましたから。尾けてくるとすれば誰かが判っていれば、なおさら見つけるのは簡単だったようです」

「それで、おいらがお前さんを尾けているのを確かめたと――いやしかし、お前さんを疑っている安木たちのためにそのようなことをしていただけだと言えば、申し開きは立つはず」

「なぜ、こんなところへ誘い込んだかと訊きましたよね」

「？」

南郷が疑問を顔に浮かべたとき、その背後から「南郷さん、お前《めえ》……」と聞き憶えのある声が発せられた。

さっと振り返ると、空き地の入り口には柊に連れられた安木が茫然とした顔で立っていた。

「我らだけでことを進めても、南町には容易に信じてもらえないかもしれませんので、柊さんに伴ってもらうのは安木さんか黒川さんがいいだろうと考えたのです。幸い今日は、安木さんが非番だったようですね」

「裄沢がナンか妙な動きをしてるから、お前さんも一緒に確かめてくれねえかと誘ったら、喜んでついてきてくれたぜ」

そう、柊が裄沢の言葉に付け足した。

愕然《がくぜん》としていた南郷は、しかしながらどうにか気を取り直した様子に見えた。

覚悟を決める顔つきになるところで、裄沢がまた水を注《さ》す。

「ここで三人始末しても、『いきなり刀を抜いた裄沢に不意を衝かれた柊さんと安木さんは斬られてしまったけれど、なんとか自分が成敗《せいばい》した』とでも言えば切り抜けられるかと考えたかもしれませんが、無駄ですよ——何度も言いますが、なぜこんなところへ誘い込んだと思っておられます」

裄沢がそう言うと、空き地に踏み込んだ柊らの背後にもう一人の男が立った。柊ら二人の後ろにいても、頭一つ抜けて顔がはっきり見えるほどの大男だった。

「来合、轟次郎……」

南郷は掠《かす》れた声を上げる。

——定町廻りの来合の持ち場は、そういえば本所とここ、深川だった……。

南郷も、南町ではかつて五本の指に数えられるほどの腕達者《うでだっしゃ》として知られていた。自分では、今でもさほど衰《おとろ》えたとは思っていない。しかし来合は、ただ今の時点で北町随一の腕と評判の男。裄沢とすれば、こちらの腕も十分確かめた上でのこの段取りだったのであろう。

——勝てるか……いや、どうあってもここを凌《しの》がなければ、もうおいらは……。

葛藤《かっとう》に揺れる南郷へ、裄沢が駄目を押した。

「南郷さん。板塀の向こうには、北町の小者二人を控えさせております。そして中で斬り合いが始まったときには、後先考えずにそれぞれ南と北の御番所へ走れと命じてあります。たとえあなたが瞬時にこの四人を斬ったとて、騒ぎにもせずに小者二人に追いついて引き止めるのは、どうあっても無理かと」

しばらく茫然と立ち尽くしていた南郷は、もうどうしようもないことをようやく理解したのであろう。引導を渡してきた裄沢に静かに見守られながら、その場に力なく膝をついた。

ゆっくりと歩き出した裄沢は、目を向けることなくその南郷の脇を通り過ぎる。

「裄沢さん……」

思いも掛けぬ成り行きへの驚きを何ともいえぬ表情に変えて、安木が近づいてくる裄沢に呼び掛けた。

「後は、お任せします」

ほとんど視線を合わせぬままそう口にした裄沢は、立ち止まることなく空き地の外へと向かっていった。

その顔には、勝ち誇った様子も得意げな表情もいっさいなく、ただ沈鬱《ちんうつ》な光を瞳《ひとみ》に湛《たた》えているだけだった。

十一

「おう、今日は非番だったんじゃねえのか？　――て、南郷さんと一緒だったのかい」

南町奉行所の若同心詰所に顔を出した安木に、ひと足早く市中巡回から戻っていた内藤が声を掛けた。が、安木と、その安木とともに入り口に姿を現した南郷、いずれもどこか様子がおかしい。

待機番の臨時廻り二人を含め、三人して怪訝《けげん》な表情で入り口に立ったままの安木らを見ていると、さらに後ろからもう二人の人物が現れた。

「えっ、お前さん方は北町の――」

「臨時廻りの柊と定町廻りの来合だ。ちょいと邪魔するぜ」

自分らの前に立つ安木ら二人をそっと押すようにして促しながら中へと入る。

安木が北町奉行所へ乗り込んで何をやったか知っている内藤らの顔に緊張が走った。

「仕返しでもしに来やがったか——」

内藤の呟きは聞こえたはずだが、柊も来合も全く気にする様子はない。

「えっ、南郷さん、あんた……」

安木よりも様子のおかしい南郷をじっと見ていた待機番のうちの一人が、妙なことに気づいて声を上げた。

反応のない南郷に代わって柊が呼びかける。

「それより、どなたか内与力のお方を呼んじゃくれねえか」

急に突拍子《とつぴようし》もないことを言われた内藤らの反応が遅れた。

一つ小さく息を吸った柊が、皆に伝わるようにはっきり告げる。

「こたびの南北四人の廻り方襲撃について、先ほど南郷さんが自分の罪を認めた」

「！　そんな——」

愕然として南郷を見やったが、当人は視線を落としたまま何も言わない。隣の安木に視線を移したが、安木も柊の言葉を否定することなく顔を青くしているだけだった。

一歩前へと踏み出した来合が、安木のほうへ向けて手にしていた大小を突き出す。

「南郷さんの腰の物です。お奉行様か内与力の方のご指示があるまでは、ご当人の手が届かぬところへ遠ざけておくべきかと」

先に気づいていた待機番以外の二人が改めて見やると、突っ立ったままの南郷は確かに無腰《むごし》であった。

動き出せぬままの廻り方の面々に代わり、同じ部屋にいた見習い同心が己の見聞きしたことを中へ伝えに走った。

そこから、南町奉行所は騒然となった。

「こたびもご苦労さんだったなぁ」

臨時廻りの室町が、空いた裄沢のぐい呑に酒を注ぐ。裄沢は「いえ」と小さく頭を下げた。裄沢の隣では、来合が手酌《てじゃく》で注いで一気に口へ放り込んでいる。

ここは、北町奉行所にも近い一石橋《いちこくばし》袂に建つ蕎麦屋《そばや》兼業の一杯飲み屋。裄沢もよく利用するところだが、もともとは来合の行きつけだ。

本日は室町からの誘いでめったに客を入れない二階の小座敷に上がり込み、三人で酒食を囲んでいるところだった。

来合が柊とともに罪を認めた南郷を南町奉行所へ送り届けてから、すでに三日が経っている。南郷は当然拘束され、今は同じ町奉行所の吟味方から厳しい詮議を受けているはずだ。

「しっかし、南町もここまでガタがきてるとはな」

もう酔いが回ってきたのか、来合が独りごちたようにぼそりと呟く。それを室町が混ぜっ返した。

「なぁに、北町《こっち》だって大え面《でけつら》してられやしねえよ。安楽《あんらく》さんの一件だって、そんなに昔のこっちゃねえ。もっと前を見りゃあ、そうそう遡《さかのぼ》らねえうちにいくつも不都合な話が転がってただろ。

たぁだ、向こうさんほど表にボロが出てねえってだけさ。お役所なんて、蓋《ふた》ぁ開けりゃあどこも似たようなモンだろうな。手前《てめえ》んとこは表沙汰《おもてざた》になってねえからって他人《ひと》のことぉ嗤《わら》ってると、そのうち痛《いて》え竹篦返《しっぺがえ》し喰らうことになんぜ」

安楽の一件とは、当時臨時廻りだった男が手先として使っていた御用聞きらの悪事を見逃すなどして利益を上げていた、という悪行が発覚したときのことだ。逃げられないと知った安楽は、捕まることをよしとせずに自裁《じさい》して果てていた。

室町の警句を聞きながら、裄沢は静かにぐい呑の中身を含む。器《うつわ》を膳に戻してから口を開いた。

「本当にそんな気がします。いつまで経ってもこんなことがなくならないのを日々見ていると、人という存在そのものがもともとそういった質《たち》を持っていて、変わることはないのではという気もしてきますね」

裄沢の言いように、来合は不安げな目を向ける。室町は、淡々と返した。

「まあ、そういう考えもあながち間違いたぁ言えねえけど、でもそいつとは真反対の出来事だって、お前さん方ぁやっぱり毎日《めえんち》のように見てるんじゃねえか？」

室町の問い掛けに、裄沢と来合の二人はそれぞれ何かを思う顔になった。

「ところで裄沢さんよ」

室町が珍しく「さん」付けで呼んできたことで視線が上がる。

「南町の安木さんだけどよ、内与力を通じてお奉行様へ、お役替えを願い出たそうだ。『こたびは自身の勝手な考えで自分のところの御番所ばかりでなく、北の御番所にも大きな迷惑を掛けたから、このまま廻り方を続けるわけにはいきません』って言ってな」

「安木さんが、そんなことを……」

「で、向こうの内与力に叱りつけられたんだと。『今は廻り方だけで、もう二人も欠いておる（死んだ小園と捕らえられた南郷、二人分の欠員）のに、そなたまで退こうというのは自覚が足らぬのではないか。本気で責任を取るつもりなれば、まずは廻り方が新たな者を加えてもきちんと機能《まわ》するように尽力せよ。そなたが好き勝手に今のお役から逃げ出せるのは、それがしっかりとできてからであろう』って言われて、いい歳こいて涙流したっていう話さ。

まあ、南北の不和を深めたってことで言やあ、安木さんよりゃあ内藤さんのほうが罪は重いだろうから、廻り方から出るとしたってその後になんじゃねえかと思うけどよ」

「若輩《じゃくはい》が僭越《せんえつ》を承知で口幅《くちはば》ったいことを言いますが、今の安木さんなら、そのまま廻り方で勤め続けてもいいように思えますが」

「お前《めえ》、そいつぁ本気か？」

裄沢の淡々とした感想に、来合が目を剝《む》いた。

見返した裄沢は、ほんのわずかに微笑んでいるように見えた。

「さっき言っただろう。人という存在そのものがずっと悪意から離れられぬような質《たち》を持ち続けているのではと。もしそうなら、少しでもそれに気づいて変わろうとする心算《つもり》のある人物のほうが、どこの馬の骨とも判らぬ者よりずっとマシじゃないかってだけのことさ」

あるいは、裄沢なりの笑えない冗談なのかもしれない。しかしそれを聞いた二人には、なぜかただの冗談には聞こえないとの思いが残るひと言だった。

第三話　ならず者の表裏《ひょうり》

一

「無宿者《むしゅくもの》が大金を届けてきた？」

裄沢が、雑談の中で出てきた話を聞きとがめて思わず問い返した。

無宿者、あるいは無宿人とは、現代ならば「住所不定」と称される者のことである。ただし現代と違うところは、戸籍簿《こせきぼ》にあたる人別帳《にんべつちょう》に記載がない、すなわち領地ごとに違う領主の支配下にないということを意味するため、住所不定者というより無国籍者や外国人の違法滞在者的な扱いを受ける点にあろう。

武家であれば、己の仕える屋敷や主から与えられた家に住むのが当然であるが、庶民についても、たとえ一部屋限りの裏店《うらだな》住まいであっても町名主から町奉行所へ届けられる人別帳に住まいや氏名などが記録されているのが当たり前となっているのだ。

無宿者はそうした人別からはずれ、あるいは稼ぎを求めて各地から江戸へ流れ着いたものの、腰を落ち着けた住居や仕事を持たぬままでいる者ということになる。まともな収入を得られずにいる者が多い無宿者の増加は治安の悪化と連動している側面があり、お上《かみ》の立場からすれば好ましい存在とは言えない。その一方で、人口百万を超えるところまで肥大化した江戸の町では安い賃金で雑用をこなす人手が常に不足しており、厳しい取り締まりをして無宿者の数を大きく減らすと求人難になった武家屋敷を含む多方面から苦情が寄せられるという、痛《いた》し痒《かゆ》しの状況があった。

こんな雑談がなされている場所は吉原の大門《おおもん》に続く面番所。裄沢は隠密廻りが月番で行う立ち番をしているところであった。

仕事中とはいえ、ただ行き過ぎる人の流れを見ているだけとなれば、退屈になってくるのは仕方がない。そこで大門を潜《くぐ》る人々へ目をやりながらも、世間話の相手をしてもらっていたのだ。

「へい。甚平《じんぺい》っていって、歳のころは爺《じじ》ぃになりかかったってぇ見掛けの男ですけど、なんでも日本堤《にほんづつみ》から山谷堀《さんやぼり》のほうへ下る途中の草叢《くさむら》に転がってんのを見つけたそうで。何だろうなと坂を下りかけて近づいたらちょいと膨《ふく》らんで見える革財布《かわざいふ》で、拾ってみるとずっしり重てえ。そこで中身を確かめてみたら、なんと小判が三十と二枚も入《へえ》ってたってこって」

　裄沢にそう返答したのは面番所の手伝いにやってきた伝吉《でんきち》という男で、浅草田《あさくさた》町《まち》を縄張りとする御用聞き・袖摺《そですり》の富松《とみまつ》の子分である。

　吉原へ行くための道として一番使われるのが、大川に流れ込む山谷堀沿いに築かれた日本堤を行く道筋である。浅草のほうから歩いてくる者も、山谷堀の河口に設けられた船宿までは舟を使う者も、皆ここからは徒歩となる。

　そして、日本堤の南側でこれに沿うように広がる町が浅草田町なので、落とし物などが届けられる先はここの自身番《じしんばん》となり、必然的に富松にも話が回ってきたという次第だ。

「無宿者が、さような大金を正直に届け出た、と」

　定まった住まいも持たずにフラフラしているような者に富裕者はいない。また、余裕のある暮らしができていない上に「定住して定職も持つ」という「世間の当たり前」も守れないような連中だから、概して道徳観念などからは縁遠い者ばかりだと見なされている。

そうした者が、着服《ネコババ》することもなく拾った大金を届け出たというのは、ずいぶんと珍しい話に聞こえたのである。

「拾うところを多くの者に見られていたのか」

「いやそれが、届け出てきたなぁ朝早くだったそうですけど、実際拾ったなぁもう吉原の大門も閉まった夜中だったそうで、辺りにゃあ人っ子一人見えなかったそうでさぁ」

吉原の営業は夜の四つ（午後十時ごろ）までと決められているが、江戸の中心地から離れた場所で四つに商売を終えるのでは客足が十分望めない。そこで、夜の営業終了を知らせる四つの拍子木《ひょうしぎ》を、次の九つ（深夜零時）ギリギリまで打たずに営業を続けるという、「引《ひ》け四《よ》つ」と呼ばれる営業時間の引き延ばしが日常的に行われていた。

辺りに人っ子一人いなかったということは、引け四つの拍子木が打たれて大門が閉まる直前に吉原を飛び出したような客すらみんな去ってしまった後ということになろう。つまり甚平なる無宿者は、深夜九つをだいぶ過ぎた真夜中に、人家どころか人影一つない土手の上の道を歩いていたことになる。

「なぜ、そんなところをそんな刻限に」

「当人が言うにゃあ、上州《じょうしゅう》（上野国《こうずけのくに》。現在の群馬県）のほうから江戸に出てきたんだけど、山谷堀の辺りに着いたときゃあもうとっぷりと陽が暮れてて、泊まれるような当てもねえんで土手下《どてした》の坂にでも転がって寝ようかと考えてたってこって」

今は文月も後半に入っているが、まだ残暑の名残《など》りらしき暑さも感じられる日々が続いている。蚊に食われるなどといったことを気にしないなら、雨さえ降らなければ野宿でも過ごしやすい気候であるのは確かだし、浮浪人に近いような無宿者ならそんなことは屁《へ》とも思わないであろう。

などと裄沢が考えていると、伝吉は「ただね」と予想とは違ったことを言い出した。

「確かに無宿者の中にゃあそんなことを少しも気にしねえで野っ原に大の字になって寝てるような野郎もいますけど、甚平って男の身形《みなり》はそこまで小汚《こぎたね》えもんじゃなかったんで」

「ほう？」

「そりゃあ、確かに身に着けてる物《もな》ぁでえぶ着古してるけど、垢《あか》じみてもいなきゃあ、きちんと繕《つくろ》い物《もの》もされてて、それなりに見られる格好だったんですよ」

「なるほど」

「野郎によると、郷里《くに》で食い詰めて江戸へ出てきたばっかりのとこだってんで。で、『その話はお前の着てる物と帳尻《ちょうじり》が合ってねえ』って親分が突《つつ》いてみたんですけど、『郷里を出るに当たってはそれなりの金は持参してきたけど、それが江戸へ着く直前に尽きてしまったから、こんなことになった』なんていけしゃあしゃあと抜かしやがりまして」

怪しいでやしょう、と同意を求める伝吉に、裄沢も「そうだな」と頷いてやる。

「で、親分も『こいつぁ何か企んでんじゃねえか』と睨んだんですけど、野郎のやったこたぁ落ちてる金ぇ拾って正直に届け出ただけだ。褒《ほ》められこそすれ何も悪いことなんぞしてねえのに、とっ捕めえるわけにもいかねえってんで」

「で、どうしたのだ」

「へえ。ですからね、親分は穏やかに説得なすったんでさぁ──。

『お前さんがこれほどの大金を正直に届け出てくれたこたぁ本当に立派だけど、人によっちゃあお前さんが中抜《なかぬ》きして、それを疑われねえように素知らぬふりして残りだけ差し出してきたんじゃねえかとか、いろいろと勘ぐるようなお人が出るかもしれねえ。そうじゃなくっても、お前さんが拾ったたってえ金を落とした者が出てきたときに、足りなくなってるなんて言い出すようなことがあるかもしれねえしな。けど、お前さんは自分でも言ってるように無宿だから、後んなってから探そうったってなかなか見つかるもんじゃねえ。

そこでだ、おいらがとりあえずの住まいを世話ぁするから、ちょっとの間そこで暮らしちゃあくれめえか。なぁに、あんなとこで大金落としたなんてお人は、すぐに青くなって問い合わせがくんだろうから、ほんの二《に》、三日《さんち》のこった。宿無《やどな》しで昨晩は野宿したってぇお前さんにとっても、悪い話じゃねえと思うんだがどうだね？』ってね」

自分の親分の声色《こわいろ》をまねた伝吉が、その先を続ける。

「そしたら無宿者の甚平のほうも、『そいつぁありがてえお話で。なに、こっちゃあ悪いことなんぞ一つもしてはおりやせんから、親分さんが居ろとおっしゃる間はお世話になりましょう』って、あっさり承知してきまして。今は、親分とこで住み込みやってる見習いどもと一緒んなって、寝起きしてますので」

御用聞き自身、従っている町方役人から頂戴《ちょうだい》する手当だけでは暮らしが成り立たないため、副業を営んでいるような者がほとんどだったから、子分の全てを養うような甲斐性《かいしょう》があるはずもない。当然、子分の中でも主だった者は親分同様に女房に商売をさせて生活費を補《おぎな》っているなどの事例が多かった。

ただし親元を離れたばかりの見習いは、見世で丁稚奉公《でっちぼうこう》を始めたばかりの小僧どもと似たようなもので、親分のところに住み込み、雑用をこなしながら仕事を憶《おぼ》えていくという姿も見られたのだ。

「？　富松親分が、自分の家に引き取ったのか」

自分の住まいに招き入れればその分の費用負担《掛かり》も自分持ちになるので、通常、御用聞きがそこまで手を出したりはしない。普通ならばどこぞの長屋の家主に委《ゆだ》ね、明店《あきだな》（空き部屋）にでも入れて、家主や周囲の住人に面倒を見させる（ともに監視もさせる）程度であろう。先だって品川で私娼として捕らえた琴の処遇に困った際の代官所による措置《そち》は、これに近いものであったと言えよう。

裄沢の疑問に、伝吉が頷く。

「へい。野郎の言ってるこたぁ殊勝《しゅしょう》なんですけどね、それだけに却《けえ》ってナンか企んでるとしたらとんでもねえこったろうって思えますんで、目の届くとこに置いとこうと考えなすったんじゃねえでしょうか」

なるほどな、と呟《つぶや》いて何か考え込んだような様子を見せた裄沢が、ぽつりと伝吉に問うた。

「ところでこのごろそなたの親分のところで、何か変わったことなどはないか」

「へ？　変わったことにございやすか。て、言われても特にゃあ……」

突然話題を変えられての問いに、伝吉は目を白黒させる。

「ああ、急に言われても何のことだか判らぬか――たとえば、そうだな。そなたらが、特に何か気をつけなきゃならないことがあって町の見回りを厳しくするとか、そういうことが起こってはいないかという意味だが」

「てえと、前にあった巳三《みぞう》の哥ィ《あに》が辻斬りに殺《や》られたときのようなこってすかい」

昨年の四月、「深川に出没した辻斬りが吉原に移ってくるかもしれない」という裄沢の推測に基づき、吉原の近接地を縄張りとする袖摺の富松とその子分らが夜間の警戒を厳しくしたことがあった。裄沢の推察は的《まと》を射たものであったものの、不幸なことに辻斬りの現場に行き当たった富松の子分の巳三は相手に気づかれて口封じされたという顚末《てんまつ》があったのだ。

確かにそのような際の話をしたのだが、気を沈ませるような例《たと》えに裄沢が一瞬返事を躊躇《ためら》うと、伝吉も己の言いようが不都合なものだったと思い至ったのであろう、気まずそうな顔になった。で、視線を彷徨《さまよ》わせた後に取《と》り繕《つくろ》うように言葉を繋ぐ。

「ああ、ええと。ちょいと違うことかもしれやせんが――」

そう断りながら口にしたのは、富松の子分たちが表通りを見張るために、近々何人か動員されそうだという話だった。

二

その二日後。

裄沢は、富松の縄張りである浅草田町から二町と少し（二百五十メートル弱）東へ向かったところ、山川町《やまかわちよう》と新鳥越町《しんとりごえちよう》の境となる道に立っていた。この道の北には堀に山谷橋《さんやばし》が架かり、橋を渡ってさらに北へ進めば奥州街道《おうしゆうかいどう》や日光街道《につこうかいどう》に繋がっていく。

裄沢の隣には浅草田町を縄張りとする御用聞き・袖摺の富松がいて、近くには子分が一人だけいた。他にも、近隣を縄張りとする御用聞きやその子分らしき者らの姿がちらほらと見える。

この日は伝吉が裄沢に伝えた、富松が子分を動員する日に当たっている。が、富松にも子分らにも気を張っているような様子は全く見られない。単にお付き合い的な立ち会いのためにこの場にいるだけだからである。

そんな場へ隠密廻りの裄沢が顔を出したものだから、相手をするため富松が慌てて近寄ってきたところだった。

「裄沢様、ご無沙汰《ぶさた》しておりやす。今日は、面番所に向かわれる途中にございましょうか」

富松が丁寧《ていねい》に問うてきた。富松からすると裄沢は、自分が手札《てふだ》を頂戴している北町の定町廻り・西田と親しい同輩だというばかりでなく、絶対に表沙汰にはできないことだが、辻斬りに殺された子分の仇《かたき》を討ってくれた大恩人でもあるから、徒《あだ》や疎《おろそ》かにはできない人物なのだ。

「ああ。こちらこそそなたのところの手伝いにはいつも助けられて、ありがたく思っている——吉原にはこの後向かうが、今日のことを伝吉から聞いたのでな。どんなものかと少々気になり、ちょいと寄ってみたのだ」

富松は「そうでしたかい」と相鎚《あいづち》を打つが、この辺りを持ち場とする西田の旦那もやってこないような些末《さまつ》事を、なぜ隠密廻りが気にするのかと不可解そうな顔をしている。

　裄沢はそれには構わず、別なことを問い掛けた。

「ところで伝吉によると、このごろそなたのところで少々毛色の変わった居候《いそうろう》を置いているそうだが、その者は今どうしている」

　毛色の変わった居候と言われて誰のことかすぐに思い当たった富松は、苦い笑いを浮かべる。

「へえ、いまだに大人しくしておりやして。もしかしてナンか企んでんじゃねえかと疑って見てたんですけど、どうもあっしの見込み違いかもしれやせんねえ」

「まだ居《お》るということは、革財布の持ち主はいまだ現れないか」

「へえ、そいつがちょいと妙なところで。あっしがまだあの男の疑いを解けねえのも、そこんとこが引っ掛かってるからでして。

　まあ、金ぇ落としたなんて言ってノコノコ面《つら》ぁ出してきた野郎は二人ほどいたんですけど、言ってることが曖昧《あいまい》で手前《てめえ》が落としたはずの財布の有り様も要領を得ねえことしか口にできねえって万八野郎《まんぱちやろう》（嘘つき）でしたんで、ちょいと脅しつけてから放り出してやりましたよ」

　吉原に商売絡みで出入りでもしていない限り、日本堤は女郎買いや吉原見物以外ではほとんど使わない道である。そこで大金を落としたとなれば外聞を気にして問い合わせることができずにいるということもあり得なくはないが、拾われた財布に入っていた金の多さからすると、名乗り出ないまま済ませる者がいるとはほとんど考えられない。なのに三日も四日も経って、落としたという者が出てこないのは妙な話だった。

申し出てきた二人というのは、噂を耳にして「あわよくば」と欲を出した不《ふ》心《こころ》得者《えもの》であろう。そんなつまらぬ手合いに、老練な御用聞きが騙されるはずもない。

「で、その居候殿はそなたのところで変わった様子もなく暮らしておるのか」

「へえ、何の心配もしてねえような落ち着きぶりで。あっしのところの見習いが粗相《そそう》をやらかしたのへ、諄々《じゅんじゅん》と言い聞かせるようなところも見せておりやす」

「ほう。その見習いのほうは、説教を素直に聞いているのか」

「それが、ありゃぁ跳《は》ねっ返《かえ》りの生意気な小僧で、これまであっしもずいぶんと手ぇ焼かされてきたんですけど、なんでかあの居候の言うことにだきゃあ嚙みつくこともなく大人しく聞き入れてるようで」

「ほう、それは重畳《ちょうじょう》。居候殿の人徳かの」

「どうなんでやしょうねえ。あっしらの知らねえうちに丸め込まれて、気がついたらどうしようもねえ悪党になっちまってた、なんてことになってなきゃいいんですけど」

などと口にはしているが、そのまま放置しているらしいところからすれば、まずそんな心配はないと思っているのであろう。それだけ、手元に置いた居候――甚平なる無宿者のことをじっと観察しているということだ。

「どうやら、来たようですね」

富松が北《ね》の方角、山谷橋が架かっているほうを見ながら告げてくる。日本堤から向こうへ渡る橋だから、裄沢らのいるところからだと見上げる格好になって、橋の上や向こう側までは見えないのだ。

裄沢が目を向けると、その橋を渡って御用聞きの子分であろう男が一人、急ぎ足で向かってくるところだった。心なしか、橋の向こう側にいくらかざわめいているような気配が感じられる。

「知らせがあったとおりに、やってめえりやした」

橋を渡って富松のところへ小走りで近づいてきた子分らしき男が、裄沢に頭を下げた後に富松へ報告した。

「そうか。何も変わったところぁねえようだな」

「へい。いつもと同じように、ごく当たり前にこっちへやってきてるようです」

頷いた富松の視線は、ずっと橋のほうに向いている。裄沢の目にも、人が集団で橋を渡ってくるのが見えてきた。

橋を渡り終わった集団の先頭が裄沢らの近くまで達するころには、この集団が人足に担がれた駕籠《かご》を中心に形成されているのが目視できるようになってきた。ただし、貴人とそれを護衛する武士の行列とは違っている。中央の駕籠は格子《こうし》状に編んだ竹で囲われているだけであり、中に乗せられた者は外から丸見えである。そしてその駕籠の中の者は、後ろ手に縛られたまま座らされていた。

いわゆる唐丸籠《とうまるかご》、囚人をお白洲《さばき》に掛けるため遠方から牢屋まで護送するときに使われる物だ。駕籠を取り囲んでいるのも、額《ひたい》には鉢巻《はちま》きを締め六尺棒を手にするなど、捕り物装束に近い格好をしている者がほとんどだった。

通りがかりに唐丸籠や護送の一行と行き当たった通行人が、立ち止まって興味深げに見ている。田舎から江戸見物で出てきた者らであろうか集団で固まっている人々もいて、その中に唐丸籠へ向けて手を合わせている姿も見えるのは、あるいは駕籠の中の囚人の先行き《運命》がどうなるかを判ってのことかもしれなかった。

護送の一行の先頭には、皆を指揮する武家が一人、騎乗した馬をゆったりと進めていた。

この後の立ち番のために町方装束を身に着けている裄沢が馬上の武家に向かって黙礼すると、武家も軽く頭を下げ返してきた。しかし、馬の足を止めることなく、声も掛けぬまま通り過ぎていく。

裄沢の町方装束から、こちらがどんな身分かはひと目で判ったはずだ。にもかかわらず軽く頭を下げただけで素通りしたのは、それぞれが現在就いているお役目の上で関わり合いを持っていないからだった。

囚人は上州のほうで罪を犯した者だと聞いている。この咎人を捕らえ、江戸へ送ってきたのは勘定奉行配下の代官所。すなわち馬上の武家は、代官所で手附《てつけ》か何かのお役に就く役人である。

囚人の護送に関するいっさいは、代官所と当地で徴発《ちょうはつ》された者らの手によってなされるが、江戸に入ってから不都合が生じたりしないように、護送の予定は町奉行所へも通達されていたのである。奉行からその道筋に当たる町人地を受け持つ定町廻りの西田へ、さらに西田から一行が通過する各町を縄張りとする御用聞きへと話が通された。

勘定奉行とその配下の代官所の仕事であるため町方は関与しないが、ちょうど護送の者らが通るときに余計な騒ぎが起こったりしないよう、いちおう気に掛けさせておくためである。町方が関与しなければ、その手先を務める御用聞きにも直接の関わりはない。ただ不意の騒ぎが起こったりしないよう、いつもより入念に目を配らせるだけのことだ。

護送する代官所の側も、裄沢については町回りの途中で自分らと出くわしたただけの町方の外役だと見なしたから、単に軽く頭を下げただけで素通りするに留《とど》めたということであろう。

ただ私的な興味でその場に立ち会っただけの裄沢にしても、当然の振る舞いだと思うだけのことだった。

そして富松だが、護送の一行は直接自分の縄張り内を通るわけではないが、通達までされたお上の御用を完全に無視するわけにもいかないから、親分の富松ほか若干名だけその場に立ち会ったということになる。

「ほう、うちの居候も見物に出てきてたようですねえ」

一行が去って行くのを見送っていた富松が呟いた。同じほうへとわずかに視線を動かすと、若い男と二人連れで立っている初老の男がいた。

初老の男に懐《なつ》いている様子の若者は、おそらくは富松の話に出てきた見習いの子分。初老の男が、大金を拾いながら正直に届けてきたという無宿者の甚平だと思われた。

甚平は小柄で、富松のところに厄介になってからいくらか身形《みなり》を整えさせてもらったのか、無宿者にしてはこざっぱりとした立ち姿をしている。顔つきは穏やかで、拾った大金を正直に届け出たと聞いているせいかどこか風格を感じさせる物腰まで備えているふうに見えた。

護送の列の半ばが甚平らのそばに差し掛かったとき、道端に立つ甚平と唐丸籠の中の囚人の目が合ったようだ。しかしそれは、一瞬のこと。互いに言葉一つ発することなく、表情も変えぬまま、囚人は視線を前に向け直した。

「送られてきたのは、盗賊か」

裄沢に本日のことを知らせた伝吉も、咎人が上州のほうから護送されてくるということ以外は教えられていなかった。しかし捕まった場所で処断されずに江戸まで送られてきたとなると、相当に重い罪を犯していることになる。

江戸で罪を犯した後に逃亡先の遠隔地で捕まった者以外で、調べや裁きのためにわざわざ江戸まで送られてくるのは、領主の異なる複数の土地でいずれも重罪を犯したことから全てを一括で裁くためか、あるいは町奉行や勘定奉行ら最高責任者がお白洲を主催するほどの罪を犯しているかのいずれかである。

調べの結果、無実であったとなることはほとんどあり得ず、まずは斬罪に処せられるのがほぼ確実だと思われた。

裄沢の問いに、富松が答える。

「追馬《おうま》の平太郎《へいたろう》ってえ、やくざ者でさぁ。胴元《どうもと》んなって博打を開帳、手前《てめえ》の縄張り内で勝手に博打場を開くような野郎が出たら死んでも構わねえって勢いで痛めつけ、同業との縄張り争いじゃあ派手な喧嘩《でいり》んなって血ぃ見るだけじゃあ収まらねえ。二度に一度は死人が出るってぐれえの暴れっぷりだったそうで。

しかも、それだけじゃありやせん。ああいう手合いは手前《てめえ》の縄張り内の素人《しろうと》をあの手この手で博打に引きずり込み、いいカモにしますんで。イカサマまでやってるかどうかは知りやせんけど、まぁたいていは尻《ケツ》の毛《け》まで抜かれてスッテンテン、そのうちに家も田畑もなくしちまうってえのがお定《さだ》まりの末路《まつろ》ってヤツでさぁ。

それから、庄屋《しょうや》や見世ぇやってるような富裕な者《もん》にゃあ、あれこれ口実を設けて無理矢理にでも金ぇ引っ張り出したりもしやすね。まぁその代わりにナンかあったときの用心棒代わりとか、表にできねえ後《うし》ろ暗《ぐれ》えことぉ代わりにやってやるとか、あるいは人手の足らねえとこに子分どもを助っ人に出すとかで、反面で重宝《ちようほう》もされてやすけど。でもそういったことぉただの善意や義侠心《ぎきようしん》からやるってえよりかは、算盤尽《そろばんず》くな考えあってのこったってえのが質《たち》の悪《わり》いとこで。

そうやって、ズルズルと付き合わされてるうちに、縄張りん中が上から下までみんな一蓮托生《いちれんたくしよう》ってヤツになっちまいますから、迷惑掛けられた者《もん》にしても、ただ逆恨みされたら怖《こえ》えってだけじゃあなくって、手前《てめえ》も仲間として手を染めてるとこがあって下手に訴え出ることもできやしねえ。周りの者《もな》ぁむしろバレたりなんぞしねえように、自分から進んで何もなかったように隠して回るようなことまでするんでさぁ。そうなっちまうと、代官所や大名なんぞのご領主様から探索が掛かっても容易に悪事は発覚しやせんし、万が一バレたときだって、みんなして庇《かば》い立てするように動くことが当たり前にありやすんで」

「入牢《じゆろう》のために送られてくる筋道のそばだとはいえ、遠くで捕まった咎人のことをよく知っておるのだな」

「いやあ、別にあの野郎のことを詳しく知ってたわけじゃあございやせんで。ただ、やくざ者で取っ捕まって江戸まで送られてくるような野郎は、大概《たいがい》そんなもんだろうって話でさぁ。

まあそんなこってすから、もしかすると今度捕まった野郎だって手配が回った後は、捕まるまで庄屋とか、あるいはどっかの富裕な商人のとことかにずっと匿《かくま》われてたってことでも不思議じゃありやせんけど」

咎人を護送する一行が何ごともなく通り過ぎていったことから、二人は話をしながら歩き出していた。裄沢は吉原のほうへ、富松は縄張りの中の己の住まいのほうへ。途中までは道が一緒なのだ。

ふと気づくと、自分たちの後に従う者がいた。富松の子分たちだろうと思いながらチラリと振り返ると、若い見習いとともにあの甚平なる無宿者の居候がついてくる。

富松は普段どおりに話していたから甚平に話が聞こえなかったとは思えないが、見習いのほうがいかにも耳を欹《そばだ》てていますという顔をしているのに対し、全く興味を示す様子がない。

裄沢が振り返っているのへ目を合わせ、丁寧に頭を下げてきた。どこまでも落ち着いた表情で、隣の見習いが慌ててそれに倣《なら》った行動を取るのを好ましそうに見守っていた。

三

翌日。裄沢が立ち番のために吉原の面番所へ到着すると、すでに仕事をしていた伝吉が迎えてくれた。

隠密廻りの定員は南北の町奉行所に二名ずつ、吉原の面番所には月番で交替勤務する。また、このお役には密命等に従い探索に従事するという、より優先される仕事があるため、吉原が見世を開けている間は必ず隠密廻りが面番所にいるわけでもなかった。

立ち番をする隠密廻りの補助をするとともに、不在の際の隙間《すきま》を埋めるのも、手伝いとしてやってくる伝吉ら御用聞きの子分たちの仕事なのだ。

「お勤めご苦労様にございやす」

しっかりと頭を下げてきた伝吉に、裄沢は軽く挨拶を返した。

「ご苦労――で、特に変わりはないか」

吉原の奉公人たちが詰めている向かい側の四郎兵衛《しろべえ》会所《かいしょ》にも慌ただしい気配はなく、伝吉も普段どおりの様子であるから、定例的な確認の言葉である。

「へえ、こっちゃあ特に何も——ただ、うちの親分のほうで」

何かあったにしては伝吉の態度がいつもと違ったところがないから、裄沢は疑問を顔に浮かべた。

「いや、何も慌てるような話じゃあねえんですけど、ホラ、あの親分のとこに居候してた無宿者の甚平。あれがとうとう、出てくことになりやしたんで」

「ほう。富松も、大金の落とし主が名乗り出てくることはついに諦めたか」

「いやそれが、ちょうど昨日の夕《ゆん》べになってから、『もしかしたら自分が落とした物をこちらで預かっていただいているのではないか』と申し出てきたお人がおりやして」

「あれほどの大金なのに、ずいぶんと日が空いたな」

「それがどうやら、吉原で接待を受けた後に所用でそのまんま旅に出なきゃならねえことんなってたそうで。途中で金ぇ落としたことにゃあ気づいたものの、約束の日限《にちげん》が迫ってたんで、どうしてもそっちぃ先に済ませなきゃならなかったらしくて」

「落としたその日に拾われたのかどうかは知らぬが、数日で往《い》って還《かえ》ってきて、行った先での用事も済ませてきたとなると、さほど遠いところへ出向いたわけではなかったのだろうな」

「ええ、上州の、桐生《きりゆう》の近くだとかって話でしたね」

「すると落とし主は、絹物《きぬもの》商売でもしているのか」

裄沢がこう問うたのは、桐生が昔から絹織物で有名なところだと知っていたからだ。

「ええ。中堅どころの呉服問屋で、なんでも取り纏《とまと》めの村役と仕入れの相談をするついでに、当地の機屋《はたや》（布地を織る者の住まい）も何軒か回ってきたとか。仕入れに穴が空きかねねえんで約束に遅れるわけにもいかず、とにかく急いで行かなきゃならなかったと言ってやした」

「なるほど。で、甚平は礼金を受け取って富松のところから出ると」

「出てくってえなぁそうなんですけど、金についちゃあもともと手前《てめえ》のモンじゃねえから、礼なんぞ鐚一文《びたいちもん》受け取る気はねえと突《つ》っ撥《ぱ》ねやして。親分も落とし主も当人にいろいろと言ってやったんですけど、全く聞く耳を持ちやせんでした。

まあ、それまでの大人しく世話んなってたときと比べたら、『あんな頑固《がんこ》な野郎だったのか』って、ずいぶんと驚かされやしたけど」

「それで、本当に一文たりとも受け取らなかったのか」

「へえ。親分が『拾った金の礼金にゃあとうてい及ばねえが』って出した寸志《すんし》も……ええと、謝絶《しゃぜつ》とかって言うんですかい？　礼は口にしながらやっぱり受け取ろうたぁしやせんで」

少々意味が違う気もするが、指摘まではしない。

「江戸へ向かいながら金が尽きて、日本堤で野宿をした者なのであろう。そんな男が、金もないまま富松のところを出てどうしようというのか。

あるいは、居候をしている間に何か小遣い稼ぎ程度のことはしておったとか？」

「へえ、短い間でしたけど、周りの商家なんぞとも顔見知りになりやして、ちょいとした手伝いをして小遣い程度はもらってた様子はあったんですけど、そいつもそこの見世の小僧（丁稚）やうちの見習いに飴玉奢《あめだまおご》ったりして、ほとんど散財しちまってたはずでさぁ」

「ならば、ますますこの先どうしていくつもりか判らぬな」

「親分も心配《しんぺえ》してそいつを訊きなすったんですけど、『江戸は懲《こ》りたから国許《くにもと》へ帰る。まぁそれならば、どうにかなろうさ』と言うばかりでして。

当人が、『もう落とし主も見つかって無事に金は返せたんだから用はねえだろう』って言ってるからにゃあ、何の罪を犯してるってワケでもねえ以上、『ここを出る』って言い張ってんのを無理矢理止めることもできやせんで」
伊勢参《いせまい》りの遍路《へんろ》などではよく見られた光景になるが、ただ地方を流離《さすら》っている
ような者であっても、物乞《ものご》いをしながら旅を続けることはどうにか可能であっ
た。無宿者の居候は、江戸へ出てくる際にそのような経験を積んだことで、帰り
道もなんとかなると考えているのかもしれない。
伝吉は、寸志の受け取りも断られた際の親分の様子を思い浮かべてポツリと言
う。
「親分も、『疑ったおいらのとんだ眼鏡違《めがねちが》いだったなぁ』って、ちょいと嘆《なげ》いて
らっしゃるようなんですよ。それというのも、最初に怪しんでいろいろと厳しい
問い掛けなんぞをしてなきゃあ、あんなに意地ぃ張って礼金も寸志も断るように
ゃあならなかっただろうって思っていなさるようで」
あまりにも清廉《せいれん》な出処進退《しゅっしょしんたい》の在りようを見せつけられて、どこまでも相手を
疑って掛かった己の振る舞いに、後ろめたさややるせなさを覚えたということで
あろう。
「まあ、町方や御用聞きなんぞは、相手を疑って掛かるのが商売だ。それで不快
な思いをさせたとしても、仕方がないと割り切るしかあるまい」

「へえ、旦那がそうおっしゃってたと、親分にはそれとなく伝えておきやす。お気遣いいただき、ありがとうございやす」

それとなく感謝の言葉を聞き流した裄沢だったが、親分に対する伝吉の心遣いと、そうさせる富松の普段の在りように、いくらかほっこりするものを覚えていた。

「それで、居候の甚平はいつ富松のところを出て行くのだ」

「今日は知り合いんなった近所の連中に挨拶回りして、明朝早々に親分のところを発《た》つってことで」

「ほう。最後まで義理堅いことよな」

裄沢はそう感想を漏らすと、目の前を行き過ぎる遊客《ゆうかく》たちへ意識を向けた。

翌日、非番の裄沢は陽が昇る前に家を出た。身形は当然、普段着の着流しだ。足を向ける方角は北。今月もそうだが、月番の間の出仕日にはほぼ毎日通っている吉原への道筋を、そのまま辿っていった。

日本橋川を江戸橋《えどばし》で渡って北上、鉄炮町《てつぽうちよう》に至ったところで右へ曲がり、小伝馬町の通りを真っ直ぐ進めば浅草御門《あさくさごもん》に至る。御門の橋で神田川を越え、後は浅《せん》草寺《そうじ》が前方に見えてくるまでは大川沿いの蔵前通り《くらまえどお》を進む。

そうして吾妻橋《あずまばし》の袂を右手に見ながら通り過ぎ、浅草寺の随身門《ずいじんもん》へ至る道へと角を曲がった。寺の境内との境をなす道を北へと進んでいくと、やがて袖摺の富松の縄張りである浅草田町の東端に達する。そこからの裄沢の足取りは、慎重なものになった。

遠くから見つかってしまわぬように商家が並ぶ軒先のすぐそばまで寄り、知った者と出くわさぬことへ気を配りながら足を進める。裄沢が立ち止まったのは、視線の先に富松の住まいが建っているところから半町（五十メートル強）ほど手前であった。

庇《ひさし》を支える柱の陰から何気ない素振《そぶ》りで富松の住まいのほうを見やると、少なくない人数が家の前に立っている。どうやら、富松らだけでなく近所の者も集まって、居候の無宿者を送り出すところのようだった。

その別れがもうすぐ済みそうだと見当をつけた裄沢は、身を隠す盾《たて》にしていた柱から離れてその商家の建物に近づき、しかしいまだ見世開き前で掃除《そうじ》などをしている建物の中には入らず、外壁《そとかべ》沿いに路地へと踏み込む。旅立つ甚平を見送ろうと視線がこちらに向いた際、目撃されるのを避けるためだった。

桁沢が路地の奥のほうで、半ば建物の陰に隠れるように通りのほうを眺めていると、しばらくしてからようやく目的の人物が通り過ぎるところを目にすることができた。皆に送り出された甚平は、しかしまだ一人ではなかった。富松のところで見習いをしているという、この男に懐《なつ》いた若者と連れ立って歩いているのだ。

幸いなことに若者は甚平と桁沢の間に位置していたため、己がついて歩く者へ語りかけるのに夢中で、桁沢の姿が発見されてしまうことはなかった。甚平のほうは――桁沢とは一度わずかに顔を合わせたことがあるだけなので、服装も違っているし気づかれる懼《おそ》れはないだろう。

まだ富松の家の前に立ったまま見送っている者がいるかもしれないから、桁沢はすぐに表通りには出ず、商家が並ぶ裏の路地を富松の家から遠ざかるほうへ向けてゆっくりと歩き出した。甚平らの歩調より速度を落としたのは、建物と建物の隙間からこちらの姿を見つけられないようにするためである。

ようやく表通りまで出てきたのは、富松の家から十分離れたと判断できてからだ。甚平と若者が連れ立って歩いていったはずの道の先を見やれば、人に紛れながらも小さく二人の姿を確認することができた。

ここからしばらくは見失うことを案じて近づかずともよい。見習いの若者が一緒にいる間は、「郷里へ帰る」と説明した道筋からはずれるような、疑いを招く行動を取るはずがないと思われるからだった。

案《あん》の定《じょう》、町並みを抜けて田畑が多くなり旅人以外の人影が減ると、二人が千住《せんじゅ》大橋《おおはし》へ向かう街道を進んでいく姿がはっきりと見えてきた。見習いの若者がどこまで無宿者についていくのか定かではないが、まさか宿に泊まってまで旅に付き合うことはあるまい。どこか切りのいいところで別れて、親分の家に戻っていくはずだ。

そんなことを考えながら二人の後を追っていくと、千住大橋の手前で甚平が立ち止まった。若者に、何か言っているようだ。ここまでの見送りに礼を言い、もうここで別れようと告げているらしい様子に見える。

もう少しともにいたい若者をどうにか説得し、帰すことができたようだ。若者は何度も振り返りながら、それでも道を引き返して戻ってきた。甚平はしばらくその姿を目で追っていたが、若者が振り返ることがなくなったのを見て、自分も己の行き先へ向けてまた足を進め始めた。

裄沢は、街道の脇に生えた一本杉に背を預けてそれを見ていた。

桁沢の前に、甚平と別れた若者がやってくる。桁沢が「おい」と声を掛けると、若者は無頼《ぶらい》の浪人に絡まれるかと強張《こわば》った顔をこちらへ向けてきた。

「俺が誰か判らぬか」

静かに問うた桁沢を訝《いぶか》しげに見つめ、ようやく気づいたか目を見開いた。

「えっ、旦那?……」

「悪いが、ちょいと付き合え」

「えと、おいらでやすか?」

「ああ、お前に頼んでいる」

言いながら桁沢は、若者が歩いてきたほうへ足を踏み出した。

「え、と、どこ——いや、ええと、ど、どちらまで?」

仕方なく後に続いた若者が、桁沢の背に問うてくる。

「なに、さほど遠くまでとはならぬはずだ」

それだけしか得られなかった答えに、まだ問い直したいような気配を背後に感じたが、桁沢は構わず無言で足を進めていく。

やがて千住大橋に達した桁沢は、橋を渡り始めた。見習いの若者も、困惑しながらも黙ってついてくる。

突然裄沢が立ち止まったのは橋のほぼ中央部、緩《ゆる》やかに弧《こ》を描く橋の、頂点に達しかけたところだった。その背中だけを見て後に続いていた若者も、ぶつかる前に慌てて足を止める。

「え、と……町方の旦那？」

若者が裄沢の隣まで足を進めてその顔を覗《のぞ》き込んだ。裄沢の視線は、真っ直ぐ橋の先に向けられている。

その視線を動かさずに、裄沢は口を開いた。

「あれが誰か、判るか」

問われた若者が、裄沢の視線を辿って橋の前方を見やる。

千住大橋の北詰《きたづめ》からさほど離れていないところ、往来を行き交う人々の中に二人だけ、足を止めて何か話し込んでいる者がいた。

「え、ありゃあ、居候のおっさん……」

つい今し方まで一緒に居た無宿者の甚平である。途中までの見送りに足を延ばした自分を帰してすぐに、立ち止まって誰かと話し込んでいる姿を目にして驚いたようだった。

「その居候が話している相手に、心当たりはあるか」

裄沢からの問い掛けに、関心を向ける先を移す。

「えっと……えっ、ありゃあ」

「居候が拾った金の、落とし主か」

「……はい。ありゃあ間違いなく、弁天堂《べんてんどう》ってえ呉服屋の主で」

そうか、と応じた裄沢は、また足を踏み出した。

「お前はここまででよい、手間を掛けたな。手伝ってもらったことは、十分役に立ったと後で富松に伝えておく」

そう言い捨てて、一人さっさと足を進めていく。

「あ、えと……」

その場に取り残された若者は呆気《あっけ》に取られたまま、裄沢が甚平らのほうへ近づいていくのをしばらく見ていたものの、裄沢が二人と出くわす前にふと気づいたように身を翻《ひるがえ》した。

親分や哥貴分《あにきぶん》相手でもそうだが、誰よりも町方の旦那からお指図を受けたからには、「なぜ」と疑問に思っても問うより前に従わなきゃならない。ここまでだと言われたら、その場でボケッと突っ立ってねえでさっさと動かないと叱られる──哥貴分から拳固《げんこ》でしっかり教え込まれていたことだった。

橋を下って戻りつつも、考えをやめることまではできずにいた。

――けど、一体《いってえ》ありゃあ……。

四

街道では飛脚《ひきやく》も見掛けるし、客を乗せた駕籠舁《かごか》きもいる。江戸もまだ近いとなれば、出立したばかりで気負い込んで先を急ぐ者がいたとておかしくはない。足早に近づいていく裄沢の気配に、立ち止まって話をする二人が注意を向けることはなかった。見習いの若者が弁天堂と呼んだ商人が、御用聞きの家に居候していた甚平に何かを手渡すのが見えたのは、あと十数歩で当人らの前に辿り着くところまで迫ったときだった。

そのまま頭を下げ合って別れる様子の二人に、追いついた裄沢が声を掛けた。

「そこな二人」

驚いた二つの顔が裄沢を見る。

「何か、手前どもにご用でござりましょうか」

弁天堂が、おずおずと問い掛けてきた。江戸の府外へ出たばかりの往来《おうらい》で昼日中、まさかに無体《むたい》を働かれるとは思えないものの、それでもあまり身分がありそうにない着流し姿の侍から声を掛けられたなら警戒して当然だ。ましてや、今自分が渡したばかりのおそらくは貴重品《かねめのもの》を、まだ甚平が手にしたままなのだから。

一方、弁天堂の横に立った甚平は、口を閉ざしたままじっとこちらを見ていた。

裄沢は、問うてきた弁天堂ではなく甚平のほうへ視線を向けた。

「俺に、見憶えはないか」

「………」

「まあ、着ている物が違うからな。二日前に代官所が護送する唐丸籠が通ったとき、富松親分と一緒だったのだが」

その言葉を聞いて、甚平が目を見開いた。

「町方の、お役人様……」

その呟きに、弁天堂が驚きを露《あら》わにする。

裄沢は、二人を見比べながら次の言葉を発した。

「そなたらは、日本堤において大金を落とした者と、それを拾った者に相違ないな」

弁天堂が、今起こっていることを現実と認められないのか小さく首を振る横で、甚平は落ち着いた態度で返してきた。

「ここまでいらしたということは、全てお見通しということにございますか」

「いや、何もかも判っているというわけではない。ゆえに、そなたから話を聞こうと思って声を掛けたのだ――まず手始めに、先ほどそなたが弁天堂から受け取ったのは日本堤で拾ったという金で間違いないかを問おうか」

甚平は、諦めたように告げてくる。

「ええ、そこまで見られたなれば、正直に申し上げましょう。礼金は要らぬと言ったのは袖摺の親分さんへの誤魔化し。親分さんが見ている前では貰《もら》えないほどの金を手にするため、このような手の込んだことをしたのでございます。

弁天堂さんには何の落ち度もございませぬ。どうぞ、お咎めはあたしだけにお願いしとうございます」

「そなた、本気で申しておるのか」

問われた甚平は、はっきり「はい」と断言する。

これに裄沢は、ゆっくりと口を開いた。

「ならば、二人ともに引《ひ》っ括《くく》って富松のところへ連れ帰り、じっくりと問い質さねばならなくなるな」

　裄沢の言葉に弁天堂は青くなり、甚平は強い視線を向けてきた。

「……なぜにございます。あたしは罪を認めているというのに」

「富松の前だと認められぬほどの礼金を取ろうとしたというなら、弁天堂のほうにそれを払わねばならぬ理由があったことになる。すると疑われることとして、そなたが拾った革財布には、実は金の他に何か人に知られると都合の悪い物が入っていて、そなたはそれを抜き取った上で番屋に届け出たという考えに至ってもおかしくはあるまい。

　人に知られては都合の悪い物となると、単に己の評判を落とすことになる事情が記された手紙などならまだよいが、悪さをした証となる物であったならば放ってはおけぬ――町方役人として子細《しさい》を問うことになるのは当然であろう」

　そう結論づけた裄沢は、甚平のほうへ手を伸ばす。まだ弁天堂から渡された金を手にしたままだった甚平は、迷う素振りなく素直に裄沢へ差し出した。

「ふむ。手間賃ぐらいは引いてあるのかもしれぬが、ほとんど届け出たままの額が入っておるようだな」

　革財布の中身を一瞥《いちべつ》しながらの呟きを聞いた甚平が、驚きを顔に浮かべる。

「……手間賃、とおっしゃいましたか」

甚平が「礼金」として受け取った金から手間賃が抜かれているとなれば、落とし主のはずの弁天堂がそれを差し引いたことになる。なれば「弁天堂に落とし主を演じさせ拾った金を騙し取ろうとしたか」という疑いが生じそうだが、老練な御用聞きにずっと監視されていた甚平に、そのようなことができたはずはない。第一、そんなことをするくらいなら最初から届け出なければよかったはずなのだ。

袖摺《そですり》の富松《とみまつ》
衍沢は返事をせずに手にした革財布を差し出した。甚平は「何を？」という顔で見返してくる。

「もともとそなたの金であろう。確かめさせてもらっただけだ、別に押収《取り上げ》しようなどというつもりはない」

「……お役人様はどこまで」

「なに、おそらくそうであろうと思っているのは、そなたが金を拾ったというのもその落とし主がそこな弁天堂であったというのも、そなたら二人の芝居であろうということぐらいだ——しかしなぜそのようなことをしたのかとなると、全く見当もついておらぬがな。

最初に正直者の無宿者が現れたという話を聞いたときは、近々通るという代官所護送の唐丸籠を襲うつもりかと疑ったのだが、そんなつもりがあるのならばわざわざ人目が多く、また逃げてからの手配が掛かるまでときを待たない江戸に着いてから実行に及ぶのも妙な話だからな。実際、そなたは唐丸籠の護送を見物に出てきたものの、ただ見送っただけで何の手出しもしなかった。

ではいったいどういうつもりだったのか、それが気になったゆえ、こうしてそなたらを追いかけてきたという次第だ」

裄沢の説明を聞いた甚平は、深々と頭を下げた。

「あたしのやったことについては、お役人様がおっしゃったとおりにございます。ですが、これはあたし一人の企み。弁天堂さんは、あたしに頼まれて無理矢理手伝わされただけにございますれば、どうかお縄を頂戴するのはあたしだけで済ませてはいただけませせぬか」

懇願《こんがん》する甚平に、裄沢はあっさりと告げた。

「そなたら、番屋と御用聞き相手に小芝居を打った以外の罪を犯してはいなかろう。そんなものは、まあ説諭《せつゆ》程度で済むことで、わざわざ町方役人《町役人》が出しゃばるまでもない話。

そもそなたらを捕縛《ほばく》するつもりなら、富松のところの手先を二、三人は引き連れてきておるぞ」

「……では？」

「先ほどから言うておるとおり、どのような目的でかようなことをしたのか、それを知りたかっただけ」

じっと裄沢の顔を見つめてその言葉に嘘はないと判じた甚平が、ようやく肩の力を抜いた。

「さようにございますか――では勝手を申しますが、ここからはあたしが一人でお話を差し上げるということでよろしゅうございましょうか。先に申しましたとおり、弁天堂さんはあたしの願いを断り切れずに巻き込まれただけにございますので」

この願いを、裄沢はあっさりと受け入れた。甚平の言葉を信用したからであるが、もし嘘であったとしても、弁天堂は金の落とし主として名乗り出てきたときに身元を富松によってきちんと確かめられており、万が一の際でも逃げ隠れできないからであった。

弁天堂は、甚平を裄沢と二人だけにして己独り立ち去ることに心残りや後ろめたさを覚えているのであろう、たびたび振り返りながらも足取り重く、江戸のほうへと去っていく。

その姿を見送りながら、甚平が言った。

「さて、お話を差し上げるのに、どこか落ち着けるところに参ったほうがよろしゅうございましょうか」

「そなたの郷里《さと》が上州で、これからそこへ帰ろうとしているというのは真《まこと》のことなのだな」

「はい。桐生の近くの村に家があると袖摺の親分さんに申し上げたのは、本当のことにございます」

「では、そちらへ向かいながら、道々話そう」

「……ますます江戸より離れることになりますが、よろしゅうございますので？」

「なに、まだ朝も早いうちだ。そなたの話を聞き終えてから俺が道を引き返したとて、さほどときも掛からず帰り着くであろうさ」

そう口にした裄沢は、甚平がこれから歩いていく道の先へと自ら足を踏み出した。

五

「あの唐丸籠が通っていったとき、袖摺の親分さんはお役人様に、やくざ者の非道を語っておられましたな」

しばらく無言で歩いた後、裄沢に並びかけた甚平はわずかに斜め後方からそう言い掛けてきた。裄沢も、そのときの富松の言葉を思い返しながら応ずる。

「そうであったな――しかし、今その話を持ち出したということは、やはりそなたの芝居とあの唐丸籠には、何か関わりがあったということか」

「関わり、と申してよいのでしょうか……ええ、手前はあの者を見送るために、あの場にいたのでございます。またそれを叶えるために、無宿者を装《よそお》った上で大金を拾いながら正直に届け出たという芝居を打ちましてございます。お役人様や親分さんをはじめ、様々な方々にご迷惑をお掛けすることになりましたことは、お詫びのしようもございませぬ」

もはや隠し立てはできぬと覚悟を決めたからか、甚平の自分に対する呼称が「あたし」から、本来使っているものであろう「手前」に変わったことに裄沢は気づいた。

甚平は「ですが、後々の金のやり取り《てじまい》が面倒になるので弁天堂さんから礼金をもらうのを拒んでみせましたけれど、こうも簡単にバレてしまうぐらいならもう少しきちんと芝居の段取りを組んでおくのでしたな」と苦笑いを浮かべた。実際には伝吉から伝え聞いたように、拾ったと申し出た当初の富松による尋問かその後の子分らの言動が癇《かん》に触ったことへの意趣返《いしゅがえ》しの振る舞いではなかったかとも思われる。

いずれにせよ相手の愚痴《ぐち》には取り合わず、裄沢は自身の訊きたいことへと真っ直ぐ踏み込んでいった。

「しかし、そなたは唐丸籠に手出しするでもなく、中のやくざ者に何かを伝えるような素振りも見せなかった」

「はい。お仕置きになる前にあの者の姿をこの目に焼き付け、見送ることだけが願いにございましたから」

「それだけのために、どうしてあれほど手間を掛けた芝居を打ったのか」

「それを知っていただくためには、確かにご説明が必要にございましょうな——あの唐丸籠が通り過ぎていったとき、その場に行き合った多くの方々はただ物珍しげに、あるいは親分さんがそうであったように疎《うと》ましげに見ておりましたが、ごく少数ながら、それとは別な振る舞いをしておった者らもいたことにはお気づきだったでしょうか」

「ああ――確か道の端に固まっていた人々の中に、唐丸籠に向かって手を合わせておる者が何人かいたようだが。

　あのとき俺は、あるいはそなたとあの連中が、唐丸破《とうまるやぶ》り（護送中の囚人の脱走）の手助けをするつもりかもしれぬとわずかに疑っていたのだが、そなただけではなくあの連中も、動く気配は全くなかったな」

「護送する者らのものものしさに、手出しを諦めたとはお考えにならなかったのですか」

「最初から疑っていたといっても、『全くあり得ぬとまでは言えぬだろう』と思っていた程度よ。そして、そなたらを観察していて、それはあるまいとすぐに考えを改めた。唐丸破りを図るにしては、そなたらの誰一人からも、これから大事をなそうという気の張りようや、殺気立った気配などは全く感じられなかったからな。

　しかしそうすると、あの駕籠に向かって手を合わせていた者らは何だったのかと、改めて思うところではあるが」

「ご覧になったそのままにございますよ」

「？」

「人が、目の前の者へ手を合わせる——まあ、この先刑場の露《つゆ》と消えることが明らかなれば、神仏への信仰深き者がたとえ罪人《つみびと》であれその冥福《めいふく》を祈るということもあるやもしれませぬが、あれらは、護送されていったやくざ者が縄張りとしていた土地に住まいする者たち。偶々《たまたま》江戸へ物見遊山に出てきて、あの者の捕らわれた姿を目にすることとなり、我知らず手を合わせていたものにござりましょう」

「……縄張り内の住人が、ならず者であるはずのやくざのあの姿に、せめて感謝の思いを伝えんと手を合わせたと？」

「おかしゅうございますか」

「江戸におってはあまり聞かぬ話ゆえな。それに、袖摺の富松から聞いたこととも違っておるしの」

「お二方が歩いているすぐ後ろについていた手前も聞いておりましたが、親分さんのお話が間違っておるというわけではございませぬ。そここで乱暴を働き、己らが博打を打つだけでなく純朴《じゅんぼく》な百姓らを引きずり込んで金を巻き上げ、やがては田畑《でんぱた》を売らせるまでに堕落《だらく》させた。その一方で豪農や富商には取り入って悪事の手助けをするとともに己らも甘い汁を吸わせてもらう――そうした腐った者らであることを否定できはしないと、手前も心得ておりまする」

黙って聞く裄沢へ、一拍置いてさらに続ける。

「しかしながら、お上の立場におられるお人からはあまり見えはせぬことなのでしょうが、あの者らにはあの者らなりに、人のためになることもしておるのでございますよ。そうでなければ、なぜ人から蛇蝎《だかつ》のごとく忌《い》み嫌《きら》われるはずのああした者らが、いつまでも永らえてなかなか捕らわれもせずに世を渡っていけるとお思いで？

それは、あの者らが生き延びるための手立て、処世術とやら申すものであることに相違ございませぬが、また一面で、それがために救われる者らがおることも、確かなのでございます。お役人様がご覧になった、あの唐丸籠へそっと手を合わせていた者たちの姿こそ、そのなによりの証にございましょう」

じっと甚平の話を聞いていた裄沢が、ここで口を挟んだ。

「そなた先ほど、金を拾った芝居を打つため無宿者を装ったと申しておったな。では、実際のそなたの身の上はどのようなものなのか」

「お役人様に見破られてからも黙ったままでおったのは申し訳ござりませんでした。手前は、桐生のほうのとある村にて庄屋を営んでいる家の隠居《いんきょ》で、実際の名は甚兵衛《じんべえ》と申します」

「その隠居が、なぜこのようなことを?」

「その話をする前に、まずはあのやくざ者のことから申し上げましょう。あの者は、世間様から追馬の平太郎なんぞという大仰《おおぎょう》な二つ名で呼ばれながら世渡りをしてきたようですが、元々の名は平助《へいすけ》。手前が宰領《さいりょう》していた村で、絹を織る機屋を取り纏《まと》める村役の、三男坊にござりました。

幼いころには村の手習いで学び、また道場を営む浪人者のところへも出入りして、剣術の初歩も身につけた男にございます。それが長ずるにつれ次第に悪い仲間と連《つる》むようになり、家から金を持ち出して博打場に出入りするのはもとより、女遊びをする、飲み屋で喧嘩沙汰に及ぶなどとやりたい放題。ついには親からも見放され、当人も片田舎《かたいなか》の小さな村に押し込められたような暮らしは窮屈《きゅうくつ》だったのでございましょう、家を飛び出し村も出てやくざ者の仲間に入り、いつの間にやら自分で一家を立てるほどになっておったのでございます」

やくざ渡世《とせい》で一家を構えるような者は無教養の乱暴者だろうというのが世の一

般的な認識だろうが、高名な人物の中にもこの物語の平助と似た出自の人物は少なくない。関東圏の有名どころを例に挙げると、たとえば国定忠治《くにさだちゅうじ》の名で知られる上野国佐位郡国定村《こうずけのくにさいぐんくにさだむら》出身の本名忠次郎《ちゅうじろう》は、小作人《こさくにん》を抱える豪農の倅《せがれ》で寺で読み書きを習った後に私塾で儒学《じゅがく》を学ぶ一方、馬庭念流《まにわねんりゅう》の道場で剣術を修行したとも言われている。

「しかしながら、やくざ者の集まりとはいえその頭に立つとなれば、好き放題ばかりしていれば済むというものではございませぬ。そんな有りようでは、周りから疎《うと》まれるばかりですぐに孤立し、世の荒波に揉《も》み潰《つぶ》されてしまいますからな。そうならぬためには、ある程度は周りのことをよく見、よく話を聞いて願いを汲《く》み取《と》り、ときには手を貸すようなこともしてやらねばなりませぬ。そういう恩を方々へ売っておればこそ、危ういときに助けてくれるような者も、あるいはお上の動向をそれとなく知らせてくれるようなお人も出てきて、難を逃れ一家を永らえさせるばかりでなく盛り立てていくこともできるようになるのでございます。

平助もそのあたりは抜け目なく、縄張りを争う他のやくざ者とは角突き合わせながらも、己の周りの者は手助けしつつ周りからも扶《たす》けられながら、己の一家を切り盛りしておったのでございます。しかし、そこに予想もしなかったことが起きてしまいました。もはや十五年ほどは前になりますでしょうか、世に言う天明《てんめい》の大飢饉《だいききん》が我が村を含む平助の縄張りにも降りかかってきたのでございました。

　我らの住まう辺りは、奥州ほどには飢餓《きが》で亡くなる者は出なんだということにございますが、飢饉の前に火を噴いた浅間《あさま》のお山のお膝元なれば、焼け砂（火山灰）は山中の雪のように降り積もりましてございます。積もった焼け砂は朝露《あさつゆ》や雨で固まり作物を駄目にしてしまったばかりでなく、取り除いた後も地味《ちみ》（土壌の肥沃度《ひよくど》）を衰《おとろ》えさせたのか、田畑は手もつけられぬほどの惨状となり果てました」

「そこに、あのやくざ者――そなたの申すところの平助が、手を差し伸べたと？」

「はい。ただし、その振る舞いが世のため人のための私心なき行為だなどと放言するつもりはございませぬし、実際当人も、そのような高い志《こころざし》あって動いたワケではございますまい」

「では、なにゆえ」

「それもまた、助け合いにございますな。あるいは、その地を縄張りとするやくざ者が己の体面《たいめん》を保つために、とも申せましょうか――祭りや祝い事があれば、金を出す。大雨で田の畦《あぜ》が広く崩れたところは、子分を出して土盛りのし直しを手伝わせる。そうしたことをしてやる代わりに、自分が困ったとき——たとえばお上に目をつけられたりとか、縄張り争いをする他の一家にやり込められて逃げ隠れせねばならぬようになったときには、向こうの動きを知った者からいち早く教えてもらったり、探し回る者がいても知らぬ振りをして庇われたりする。

　できるときに先にいい顔をしておくのは、本音のところではそのためにございましょう」

「それを、飢饉のときにもやったと」

「はい。己の身のほどを超えて、ずいぶんと無理をしたようにございます。それで大きく力を落としたのが、巡り巡ってこたび召し捕られる仕儀まで至ったとも申せましょう」

「手を合わせておった皆は、その十年以上も前のことをずっと憶えていたと」

「一つには、助けてやり助けられるという間柄が、あのときばかりのことではなかったからにございましょうな。何かあれば親身にしてもらえる、頼れる先があるのは、村に住まうただの百姓らからすれば、いざというときの最後の命綱《いのちづな》となり得るのです。

　なによりもそれがはっきりしたのが飢饉のとき。平助が振る舞った粥《かゆ》や皆に与えた米穀《べいこく》がなくば、親兄弟や我が子を喪《うしな》った者が実際にあのとき死んだ者の数を大きく超えて出ていたであろうことを、そこに暮らす皆が骨身に沁《し》みて知ったということでございましょうな。なにしろ、他に救恤《きゅうじゅつ》の手を差し伸べてくれるようなお方は、ほとんどおらぬ有り様にございましたから」

お上の手は差し伸べられなかった——口に出すのを憚《はばか》ったためはっきりとした言いようではなかったが、言外にそう表明されたのは明らかだった。さもあろう、日《ひ》の本六十余州《もとろくじゅうよしゅう》の全てではないとはいえ、少なくとも東側半分のほぼ全ての土地で甚大な被害が生じたとなれば、そこに居住する全ての人々に十分な手当てができるほどの余裕を持てるはずはない。できる範囲で広く薄くどころか、手をつけかねて為《な》す術《すべ》もなくただ茫然としていたといった体《てい》であったろうことが、容易に想像できた。

大名や旗本の領地だとて、主が手を差し伸べるための収入はその土地から上がる年貢なのだ。まともに食うための米すら穫《と》れないとなれば、なんとか自分のところのお家を維持するだけで精一杯となろう。ましてや今の武家は飢饉の前から借金塗《しゃっきんまみ》れで、変事《天災》など何もないうちからいつも窮々《きゅうきゅう》としていたのであるから。

ふと、裄沢の視線が甚平改め甚兵衛へと移る。

「そなた、実際には庄屋の隠居だと申したな。では、平助なるやくざ者が飢饉の救済をせんと孤軍奮闘《こぐんふんとう》しているときに、そなた自身はどうしていたのだ」

上からの助けが得られずとも、地域には地域独自の自己救済の機能がある。それは富裕な者による、困窮者への支援という形を取って現れる。

これとて、必ずしも慈愛の心から発した無私の行為というわけではない。富者は、その土地から上がる富を集めることによって富者となり、その地位を維持していくわけだから、自らに集まるはずの富が生み出されなくなればその結果が自身の衰退に繋がるということを知っているため、最低限「富の素《もと》」を枯らさないように気を配るというだけのことだ。

これが都市部の場合は、富者側も「富の素」となるべき下層階級の者も多数広範囲となり、自身の施策の範囲を限定できないために及ぼすはずの影響が希釈《きしやく》され、十分な効果を得られぬどころか競合相手である（何も手を打とうとしなかった）他の富者の利益にまで繋がりかねないという事態を招く。

ちなみに、都市部でも商家などの富者により救済の手が差し伸べられる事例はまま見られるが、なされるまでの事情はだいぶ異なり、「人気取りに使い、緊迫した情勢下なら打ち壊しの標的になるのを避ける」といった目的であることのほうがずっと多かった。そういった場合には「それなりに評判を上げ、またはなるたけ目《め》の敵《かたき》にされないために必要となる最低限《あくまで無駄金にはならない程度》」が支出の目安とされたことから、全体の救済に繋がるだけの支援にはとうてい足らない状況が生まれたのである。

かように都市部では困窮者の救済行為に積極的になる富者は少ないのだが、富者自体の数も効果の範囲も限定される村落地域では、限界はありつつもそれなりに有効な手段となっていたのだ。

無宿者を演じた甚兵衛は、裄沢の問いに自嘲《じちよう》を浮かべた。

「手前は房州《ぼうしゆう》（現在の千葉県）で同じ家業をしているところから遠縁になる今の家へ望まれ婿養子《むこようし》に入った者でございますが、二十年近く前、実家のほうで跡継ぎに関わる争いが起きましてな、自分らだけでは始末がつけられぬと呼ばれて戻っておった折にございました。着いたはいいものの手前が仲立ちに入ってもなかなか折り合いはつかず、そうこうしているうちに手前のほうが病に倒れてしまうようなことになりまして。浅間のお山が火を噴いたという知らせは、その実家の床に臥《ふ》せっておるときに聞かされてございます。

今の己の家のほうは倅《せがれ》に任せて出て参ったのですが、当時はまだ家督は譲っておらなんだものの、普段の仕事なれば庄屋として十分こなしていけるぐらいにはなっておると認めて後を託してきたのでございます。ですが、そこにお山の噴火とその後の凶作に飢饉——思いもせなんだことが重なりました。もし手前が房州へと赴《おもむ》かずに家でこの事態を迎えていたとしても、何をどこまでできたか大きなことは申せませぬ。それが、長い間手前を手伝っていたとは申せ、自ら宰領《さいりょう》して動くのはほとんど初めてだった倅が先頭に立たねばならなくなったのです。ずいぶんと、苦労が多かったものと思います。

　手前のほうも、自分の身体のこともあり、また実家の争いのほうの手も離せず、そうこうしているうちに上州ほどではありませんでしたが、房州《こちら》でも凶作と飢饉が重なりまして、病身の手前以外でまともに指図できる者がおらぬようになってしまいました。ようやく全てが落ち着き己も旅ができるまでに体が癒《い》えたのは、飢饉での世間の動揺も収まりかけてからになってしまったのでございます」

「その間、そなたの倅は。平助がやっていることを、ただ座視《ざし》しておったのか」

「己の子だからといって庇い立てするつもりはございませんが、あの子にとっては己の家を守らんとするだけで精一杯だったものと思います。庄屋として、食い詰めてどうにもならぬ土地の者への施《ほどこ》しはそれなりに手をつけたようですが、他の者が同じようにやっているほどまではとてものこと。

平助からは、倅へ支援を求める使いが再三やってきたと申しますが、倅としては『とにかく父親である手前が戻らぬうちに家が左前《ひだりまえ》になることなどないように』という考えが第一で、そこから踏み込んだことはせぬままであったと聞いております。

まあ、うちの倅と平助は歳も住むところも近い幼馴染みだったのですが、どうにも幼いころから馬が合わなかったようで。助力を願われても応えなかったのには、そういった昔からの関わり合いも理由にあったのやもしれません」

「ほう。庄屋であったそなたの倅と平助は、幼馴染みであったのか」

「向こうも村役の三男坊でしたからな。手習いでは、机を並べていたものと存じます。そのころからいつも口喧嘩ばかりしておったと、死んだ女房からは聞かされたこともございましたな」

六

「口喧嘩――やくざ者になるような男でも、そなたの倅に手は出さなんだか」

「手前の倅が乱暴は苦手としておりましたので。向こうが手を出してきたとしても、殴り合いにまではならなかったのでしょう。庄屋の子だというのは向こうもよく判っていることですから、自分のほうだけがいつも手を出しておったら、さすがにただ叱られるだけでは済まぬことになるだろうぐらいの分別はつきますからな。それでも、どちらかがもう一方の下につくようなこともなく、なるたけ互いに関わり合わぬようにしておったと聞いております。

そうして平助が村を飛び出す前、悪い仲間と連《つる》むようになったころにはもう、二人の間に関わり合いはほとんどなくなっておったことにございましょう。

平助が自分で一家を立ててしばらくしてからあのお山の噴火とそれに続く飢饉が起こったわけにございますが、その惨状があまりにも酷すぎて己だけではどうにもならなかったがために、平助は気に食わぬ倅にまで頭を下げたのでございましょうな。ですが、乞《こ》われた倅のほうも家を守らんということだけで精一杯。あるいはもしかすると、平助の願いに応えられぬ自分の後ろめたさに耐えられずに取った態度が、冷たく突き放していると受け取られてしまうようなこともあったやに思われます」

「ともかく、平助はそなたのところの手助けを得られぬまま、己だけでどうにかするしかなかった」

「取りつく島もないほど手酷く拒《こば》んだ倅への意地もあったのでございましょうか、先にも申しましたとおり、己の身《み》の丈《たけ》を超えた救世《きゅうせい》に奔走《ほんそう》したようでございます。それがために、ずいぶんと一家の力を落としたのでございましょう。飢饉がようやく峠《とうげ》を越えてひと息つけるようになった後、平助は一家の力を取り戻さんと努めたようにございますが、まだ縄張り内の村々はそれに応えられるほどには立ち直っておりませなんだ。結局平助は、他人の縄張りに手を出すことで目の前の苦境をどうにかせんと無理を重ねたのでしょう。

しかしながら、どうにも間が悪うございました。平助が飢餓に苦しむ者らへ身の丈以上の手の差し伸べ方をして一家の力を落としていたとき、周辺のやくざ者らが平助の縄張りを狙って手を出してこなかったのは、その者らも自分の縄張りの中の惨状に手を焼いていたからにございます。平助が息をついてようやく周囲に目を向けられるようになったころには、周囲のやくざ者らはいち早く立ち直りの兆《きざ》しを見せていたのです。なにしろ、平助とは違って己の分を超えるほどの手助けを他人様《ひとさま》へ施していたわけではなかったのですから。

平助が周りのやくざ者の縄張りに手を出そうとしたことは、その者らにとってはかねて狙っていた平助の縄張り《ところ》へ手を出すための大義名分を与えてやったようなものにございました。飢饉前には互いにせめぎ合うなかでどうにか落ち着いていた縄張りの境目であっても、正面からのまともなぶつかり合いになれば、力を落とした後の平助の一家に勝ち目はございませんでした。それでも、すぐには潰されることなくどうにか抵抗できたのは、平助にそれだけの才覚があったからでございましょうな。

　大喧嘩では圧倒していながらなかなか潰しきれずに手を焼いていることに業《ごう》を煮《に》やした相手は、搦《から》め手《て》に出ることに致しました。つまりは、お上の手を借りることにしたのです。お役人様がお仕事の場とされているお江戸でも、やくざ者や地回《じまわ》りと見まがうような者を岡っ引きとして使うことがあるようにございますが、在方《ざいかた》（地方）の村落においてはそれが甚《はなは》だしく、お上の手先として働く者のほとんどがならず者と変わらぬ連中で占められている、いやむしろ、ならず者が副業《にそくのワラジをはいている》としてお上の手先をやっているといいような実情がございます。そして、平助を追い詰めつつある相手が、まさにそうした手合いにございました」

「で、あえなく捕まったわけか」

「ご承知のように関八州《かんはつしゅう》（関東地方）には小大名《こだいみょう》の領地や御支配所、旗本領などが入り乱れて存在しており、領境《りょうざかい》を越えてしまえば捕り方はその同じ境を越えて踏み込めぬ決まりになっているのでございますが、やくざ者にはそういった遠慮はありませぬ。まあ他人の縄張りに踏み込んでいるのですから、それなりに気を遣って派手派手しい振る舞いには及びませぬゆえ、行った先の土地を荒らそうという様子なく、単に喧嘩の末に逃げた余所者《よそもの》を追っているだけなら見逃してもらえますので。

そうやって御支配所へ逃げ込んだところで、追っていたやくざ者と申し合わせていた代官所手配りの捕り方の手に落ちた、ということであったようにございます」

「平助が捕まった経緯《いきさつ》は判ったが、それをそなたがこんなところまで出張った上に、御用聞きを騙すまねまでして見届けねばならなかったのは」

「初めのほうでも問われたそのお尋ねにお答えする前に、ずいぶん長々と話をしてしまいましたな——手前がようやく己の村へと戻ったときに、平助は、勢力を取り戻さんと争った相手のやくざ者に後れを取り、すでに己の縄張りから立《た》ち退《の》いて行方を晦《くら》ました後にございました。まあ、その後も喧嘩相手の隙を衝いて、かつての縄張りの一部を取り戻したりしたこともあったのですが、それもほんのいっときだけにすぎぬ儚《はかな》い抗《あらが》い。相手が本腰を入れて向かってきたなら、這々《ほうほう》の体《てい》で逃げ出すようなことを繰り返すだけの有り様となっておりました。

手前の倅が誤ったことをしたとは申しません。あの子はあの子なりに、自分にできる精一杯をしてのけたと、そこは褒めてやるべきでございましょう。ですが、庄屋として飢えに苦しむ村の皆にしてやらねばならぬことを十分できたかといえば、『もし手前が村に残っておったなら』と悔いを感じざるを得ないのもまた事実。その、本来手前たちがやらねばならなかったことを、代わりに己の身を削ってまで成《な》し遂《と》げてくれたのが、平助なのでございます。あの者があれほど尽くしてくれておらねば、我が村もいまだ立ち直れぬほどに手酷い痛手を受けていたに相違ございません。

手前は肝心なときに何もできず、すでに手遅れながらも、逃げた平助に何か手助けがしてやれぬかといろいろと手立てを講じました。逃げ回っている者にそのような働き掛けをする方法があるのかとお思いかもしれませぬが、逃げる先も他の村々で力ある者のところとなれば、それなりに横の繋がりもございますので。

ですが、平助がこちらからの申し出に応えてくることは、一度もございませんでした。頭を下げた己をにべもなく拒んだ我が倅への片意地もあったでしょうし、一番大事なときに願いを突っ撥ねてきた相手など今さら信用できるかとの思いもあったことにございましょう。手前からとは判らぬように遠回しに手を差し伸べたりも致しましたが、それでは限度がございます。『もっとしっかり頼ってくれればあれほど簡単に捕らえさせることなどなかったものを』という思いを、唐丸籠に乗せられた姿を間近に見た今でも捨て去ることができませぬ。

それから、わざわざお江戸の浅草田町なんぞというところまで出向いて袖摺の親分さんを騙すようなことをしたのは、それが平助と一番近くで見《まみ》えられそうだと思ったからにございました。手前は小さな村の中とはいえ長年庄屋をやっておりましたからには、上州の中だとどんな知り合いがどこから見ているか判りませぬ。手前を見た相手がこちらに親しみを持ってくれている方ならば問題はなくとも、仕事柄そういうお人とだけ関わり合っているわけではございませぬから。平助の唐丸籠の間近まで近づけば、誰にどのような噂を立てられるか判らぬとなれば、倅に譲った家は手前としても守らねばなりませぬゆえ、住まいから近いところで見送るという踏ん切りはつけられませんでした。

ならば江戸に至るまでの道中では、と申しますと、代官所としては久々の大捕り物で捕らえた末の江戸送り。途中で何かあってはせっかくの手柄が大失敗《しくじ》りに転じかねぬと、警戒が厳しく簡単に近づくこともできそうにありませなんだ。もし不用意に近づいていたなら、手前も怪しまれて捕らわれていたやもしれませぬ」

このころ、関八州でやくざ者をはじめとする乱暴者や盗賊などが横行し、しかしながらいくつもの領地が存在しているためにすぐに領境を越えられて捕縛の手が届かなくなるという事例が多発していた。

加役《かやく》（火付盗賊改《ひつけとうぞくあらため》）は、この領境を気に掛けることなく犯罪者を捕らえる権能《けんのう》を与えられていたが、江戸の旗本が地方で暴れ回る賊を捕らえにわざわざ出張《でば》っていくことはごく稀《まれ》で、足を向けるとすればそのほとんどが、江戸で罪を犯した者が御府外まで逃げたような場合であった。加役とは別に、「関八州の御府外における加役同様の捜査権限」を与えられた関東取締出役《かんとうとりしまりしゅつやく》（俗に言う八州廻《はっしゅうまわ》り）の制度が設けられるのは、この物語の時点よりわずか四年後のことである。

こうした中、代官所が自らの手で賊を捕らえたというのは当人たちにすれば画期的なことで、途中逃げられてしまうような失態は万が一にも犯せないと気合いが入っていたのだろう。

「そして江戸に着いてからにございますが、護送する代官所の方々だけでなく、袖摺の親分さんのように町方のお手先の皆様の目まで光っているのは明らか。あまり唐丸籠に近づいて万が一にも怪しまれ、さらに手前が、平助の生まれ育った村の庄屋を勤めた者だと知られてしまうと、どのような疑いを掛けられることになるやもしれませぬ。そこで、お人柄についての噂を集めた上で『袖摺《この》の親分さんの懐に入ってしまってその子分のお人と一緒にいるなら、唐丸籠が通るそばにいても誰にも疑われるようなことはないか』と一計を案じまして。おそらくはどこぞの長屋の明店にでも押し込まれることになろうが、様子を見に来る子分のお人と仲良くなっておけばどうにかなろうと意を決してやってみましたところ、思い掛けずも親分さんの住まい《てもと》に置いていただけたのには驚きましたが。まあいずれにせよ、お役人様にあっさり見破られたところからすれば、ただの猿知恵《さるぢえ》だったということにございましょう。

ともかく、江戸に着いた手前はまず弁天堂さんを訪ね、無理矢理願いを聞いてもらってから日本堤まで引き返し、金を拾ったことにしたのでございました」

実際に富松の噂を集めたのは弁天堂であろうか。芝居にまで一枚嚙ませられたのは、その後さらに懇願《こんがん》された上でのことであったろう。

「そうしたそなたの考えを、富松へ正直に話してみるということはできなかったのか」

「袖摺の親分さんが、平助の唐丸籠を見送りながら口にした言葉をお聞きになっていたお役人様なら、どこにあるとも知れぬ村の庄屋の隠居を名乗る見ず知らずの男が何を言ってもどこまで信じてもらえたか、お判りいただけるものと存じますが」

確かに、裄沢とてこたびの推移を最後まで見た上で今の話を聞いていなければ、信じる気になったかどうかは疑わしかった。

そして裄沢は、最後に残った疑念について問うた。

「江戸まで出向きそこまでの手間を掛けて、そなたのやったことはただ平助と目を合わせただけ。そなたは何も口にはせなんだし、平助のほうもいっさい態度に表したようには見えなんだ。これほどの苦労をし危険も冒《おか》しただけの価値が、そなたにあったのか」

わずかに考えるふうだった庄屋の隠居は、おもむろに口を開いた。

「手前が何をやりたかったか——平助に声を掛けるどころか、何かをしてやろうというつもりはござりませなんだ。ただ、あの者を最後にひと目、間近に見ようとしただけ……。

いや、何をやるかは、平助を実際に目にしてから決めようと思っておったのやもしれませぬ……しかし、何もできなかった。お役人様がおっしゃったとおり、ただ目を見合わせただけにございました。手前を見て顔色一つ変えなんだところからすると、平助のほうも手前などには何も期待はしていなかったのでござりましょう。

こんな終わり方で、手間を掛けお上の手を煩《わずら》わせるような芝居まで打った価値があったか――おそらく、なかったのでございましょうな。ですが手前は、これまでのことに悔いを残している一方で、なぜだか今はそれなりに満たされているようでございます。平助に死罪のご沙汰が下されることを、決して望んでいるわけではござりませぬし、平助のあの姿には痛みを覚える己がおりますけれども。

おそらく、秘かにということになるやもしれませんが、村には平助を祀《まつ》る碑《ひ》が立てられることになりましょう。村に帰った手前はその音頭を取り、費《つい》えも負担して心から冥福《めいふく》を祈ることになろうかと存じまする」

庄屋の隠居は、裄沢に正対して真っ直ぐ目を向けてきた。

「以上が、手前のやったこと、そしてこれからやろうとすることの全てにございます。お役人様には、お見逃しいただけるようなこともおっしゃっていただきましたが、手前のやったことがお上の手を煩わせたのも、この先お上のご意向に逆らうことを為《な》そうとしているのもまた事実。それをお聞きいただいた上でお縄にすべきということならば、そのお考えに抗《あらが》うつもりはござりませぬ」

庄屋の隠居の真摯《しんし》な言葉に、裄沢は淡々と返す。

「千住大橋の袂で言ったように、そなたが犯したという罪は叱り置く程度で済まされるものであり、ここはすでに江戸の外。我ら町方が江戸を出てまで追いかけるような罪咎《つみとが》とは判じられぬ。そしてこれから為そうとしているとそなたが申すことだが、代官所になるかご領主になるかは知らぬが、その意向に逆らうとなれば捕らわれるべき罪とされるのやもしれぬ。だがそれも、我ら町方の埒外《らちがい》のことである。

すなわち、俺がそなたを捕らえる理由は一つもない——郷里へ帰ろうとしているところなのに、ときを取らせて悪かったな。俺はここまでで、見送らせてもらう。いまだ村では苦労も多かろうが、これからも達者で暮らせ」

無言で裄沢の言葉を聞いていた甚兵衛は、深々と頭を下げた。そして裄沢に背を向けると、己の郷里へ向かって歩き出す。少し進んで振り返り、もう一度頭を下げてきた後は、真っ直ぐ前だけを見て歩いていった。

桁沢も去って行く男へ背を向け、江戸へ戻るために足を踏み出す。その表情からは、何を考えているのかを覗《うかが》い知ることはできなかった。

翌日。吉原の面番所で立ち番をする桁沢のところへ、珍しくも手伝いの子分だけではなく袖摺の富松自身がやってきた。

「桁沢様……」

「そなたのところの見習いの若者から聞いたか」

「はい。少々様子がおかしかったものですから、何があったか問い詰めまして」

「弁天堂には」

「桁沢様からお話を伺うのが先だと存じましたので、まだ行っておりやせん」

「もともとあの金は最初から甚平のものだったのだが——騙された格好になったことに、腹を立てておるか」

「！　そうだったのでございやすか……ハァ、いいえ。いい気分はしておりやせんが、さほどには」

「そうか。弁天堂は無宿者を装ったあの男に無理矢理頼まれて、仕方なく芝居を手伝っただけだ。騙されたことをあまり気にしておらぬなら、弁天堂には手出しをせんでもらえるか」

「で、あの無宿者もどきの男のほうは」

「そなたに申したとおり、今は郷里へ帰る旅の途中であろう。追いかけるか？」

「……いや、裄沢様が捕らえるべきとお考えでないならば、そこまでするつもりはありやせん」

「そうか。そう言ってくれるのはありがたい」

富松は、じっと裄沢の表情を覗った。

「何があったか、お話ししてはもらえませんか」

「そなたは、お上の手伝いをする者として、何も間違ったことはしておらぬ。それだけ承知しておいてくれればよい」

「さようにございますか」

二人の間に沈黙が落ちる。

その後、無宿者を装った男やその男が打った芝居の意図について、富松が裄沢に尋ねることは一度もなかった。

双葉文庫

し-32-46

北《きた》の御番所《ごばんしょ》 反骨日録《はんこつにちろく》【十三】

凶手《きょうしゅ》

2025年4月12日　第1刷発行

【著者】

芝村涼也《しばむらりようや》

【発行者】

箕浦克史

【発行所】

株式会社双葉社

〒162-8540 東京都新宿区東五軒町3番28号

［電話］03-5261-4818(営業部)　03-5261-4868(編集部)

www.futabasha.co.jp(双葉社の書籍・コミックが買えます)

【印刷所】

中央精版印刷株式会社

【製本所】

中央精版印刷株式会社

【フォーマット・デザイン】

日下潤一

ISBN978-4-575-67242-8 C0193

Printed in Japan